LES ESCLAVES DU DIEU OLOS

DU MÊME AUTEUR
CHEZ LE MÊME ÉDITEUR

N° 1 : LA HACHE DE BRONZE
N° 2 : LE GUERRIER DE JADE
N° 3 : LES AMAZONES DE THARN
N° 4 : LES ESCLAVES DE SARMA
N° 5 : LE LIBÉRATEUR DE JEDD
N° 6 : LE MAUSOLÉE MALÉFIQUE
N° 7 : LA PERLE DE PATMOS
N° 8 : LES SAVANTS DE SELENA
N° 9 : LA PRÊTRESSE DES SERPENTS
N° 10 : LE MAÎTRE DES GLACES
N° 11 : LA PRINCESSE DE ZUNGA
N° 12 : LE DESTRIER DORÉ
N° 13 : LES TEMPLES D'AYOCAN
N° 14 : LES RÊVEURS DE XURA
N° 15 : LA TOUR DES DEUX SAGESSES
N° 16 : LES MERS DE CRISTAL
N° 17 : LES CHASSERESSES DE BREGA
N° 18 : L'ÉCHIQUIER VIVANT DU HONGSHU
N° 19 : LES RAVAGEURS DE THARN
N° 20 : LES BARBARES DE SCADOR
N° 21 : LES CONSACRÉS DE KANO
N° 22 : L'EAU DORMEUSE DE DRAAD
N° 23 : LES CINQ ROYAUMES DE SARAM
N° 24 : LES DRAGONS D'ANGLOR
N° 25 : LA TRIBU ROUGE DES KARGOIS
N° 26 : LES ANDROÏDES DE MAK'LOH
N° 27 : LA COURTISANE DE DAHAURA
N° 28 : LE MAGICIEN DE RENTORO
N° 29 : LE TYRAN DE TARGA
N° 30 : LE MALÉFICE DU NGAA
N° 31 : LES GLADIATEURS DE HAPANU
N° 32 : LES RÉVOLTÉS DE MYTHOR
N° 33 : LA FORÊT CARNIVORE DE JAGHD
N° 34 : LES DESCENDANTS DES MAÎTRES DU CIEL
N° 35 : LES SEPT DUCHÉS DU FLEUVE CRAMOISI
N° 36 : LA VENGEANCE DU MAÎTRE DU CIEL
N° 37 : LA CAVERNE DE L'IDOLE
N° 38 : LES AÉRIENS DE K'TAR
N° 39 : LES DIEUX DE LA MORT LENTE

JEFFREY LORD

BLADE

LES ESCLAVES DU DIEU OLOS

VAUGIRARD

ISBN 2-285-00492-3
ISSN 0395-7780

CHAPITRE PREMIER

La nuit était tombée depuis longtemps et le froid humide qui baignait Londres se voyait à l'œil nu. Sous forme de brouillard. Le fameux *fog* si cher aux sujets de Sa Gracieuse Majesté. Un *fog* qui diluait les toits et les façades, perdait le ciel dans des limbes cotonneuses et créait cette atmosphère étrange et vaguement angoissante qui sied aux ambiances de films noirs.

— Richard ?

Mais Richard Blade se moquait des rigueurs de l'hiver naissant, comme il se moquait également du *fog* et de cette ambiance de nuit hitchcockienne. Dans la pénombre dorée du grand atelier d'artiste où il avait installé sa chambre, il laissait son regard errer à travers les verrières sur le ciel cafardeux de Londres.

— Richard ?

Il songeait à des choses sans réelle consistance, vagabondant de l'esprit, sans très bien savoir pourquoi cette voix qui coulait dans son dos comme une liqueur sirupeuse ne parvenait pas à l'émouvoir vraiment.

— Richard ! Tu m'entends ?

Richard Blade entendait très bien. Simplement, il n'avait pas envie de répondre. Pas envie de parler, pas envie de rompre cette espèce de torpeur, de douce nostalgie qui l'enveloppait depuis... le silence.

Le silence de Loret.

Loret qui, depuis son envoi de roses lors de son dernier départ en translation, devait être terriblement vexée. Loret qui voyageait, Loret qui ne l'appelait plus. Résultat, leur idylle semblait se déliter sournoisement.

— Richard !

Maintenant, Richard Blade ne se faisait plus guère d'illusions. La belle rousse aux yeux d'émeraude se détachait de lui. Loin des yeux, loin du cœur. Peut-être lassée de ces périodes de « mystérieuses » absences auxquelles Richard Blade devait si souvent se soumettre dans le cadre du Projet DX. Des absences qu'en tant que super agent du MI6 et unique « cobaye » de Lord Leighton, il ne pouvait évidemment justifier. Ni auprès de Loret, ni auprès de quiconque.

Le Projet DX était sans doute le secret le mieux gardé de tous ceux du royaume d'Angleterre. Un programme d'une ambition démente.

Le voyage dans le temps et dans l'espace.

Dans l'interdimensionnel.

Un programme si fou que sa divulgation

aurait immanquablement entraîné toutes sortes de désordres dans cette humanité encore si imparfaite qui peuplait le monde. Bien sûr, certains autres laboratoires très secrets planchaient sur la question. Notamment aux Etats-Unis et en URSS. Mais selon le service très spécial de la section Omega que dirigeait J, son non moins secret patron, ni les uns ni les autres ne semblaient à ce jour avoir égalé les résultats obtenus par Lord Leighton et Blade.

Grâce à son extrême résistance à la fois physique et psychique, mais toujours au péril de sa vie, Richard Blade avait en effet depuis longtemps déjà pu explorer l'incommensurable univers interdimensionnel. Au prix de souffrances inouïes et certain chaque fois d'y perdre sa vie terrestre, il en avait ramené de précieux enseignements et d'immenses connaissances. Des trésors aussitôt livrés à la boulimie sans âme des méga-computers de Lord Leighton, mais dont la copie mentale demeurerait sans doute à jamais enfouie au tréfond de sa mémoire, qu'elle soit consciente ou inconsciente.

Alors, forcément, Richard Blade était un être d'exception.

Un être du passé, du présent et du futur. Un homme pour qui les passions du commun des mortels étaient interdites et qui ne pouvait être à aucune femme.

Il appartenait à la Science.

Loret l'ignorait et avait dû se poser des tas de

questions à son sujet avant de se détacher de lui peu à peu. Une Loret qu'il avait peut-être d'ores et déjà perdue. Pour la gloire de l'Angleterre.

Pour un autre homme.

Car partout dans le monde, il y avait pléthore de mâles séduisants et la belle Loret avait probablement succombé aux charmes de l'un d'eux.

Logique... et pardonnable.

— Richard ! A quoi penses-tu ?

Comment répondre sans mentir ?

—A rien, répondit pourtant Blade. Rien d'important.

Il s'était enfin détourné des verrières obliques et de la nuit laiteuse, reportant son regard sur le corps splendide de Félicia. Une brune aux longs cheveux cascadants d'Italienne du Sud, aux yeux de braise noire et à la bouche à la fois vorace et douce qui vous donnait envie de lui mordre les lèvres. Une superbe femelle dont le corps frémissant aux seins lourds et au ventre brûlant ne cessait de réclamer de l'amour.

Et aussi du champagne.

Le magnum de Moët et Chandon répandu sur la moquette de haute laine et celui qu'ils venaient d'entamer en faisaient foi.

Deux magnums en une soirée !

Accompagnés il faut le dire, d'un saumon fumé de Norvège, de quelques grains de caviar Bélouga arrosés de vodka Wiborowa et d'un foie gras français des Landes. Champagnevodka-champagne. Mélange explosif que la jeune Italienne avait su apprécier et gérer avec une étonnante santé.

— Encore un peu de Moët ?

Félicia avait une voix un peu rauque. Envoûtante. Et dans son intégrale tenue d'Eve, elle faisait saillir ses seins somptueux dans le mouvement qu'elle avait amorcé pour brandir le deuxième magnum dans la lueur irisée de la lampe de chevet.

— J'adore ! souffla-t-elle à l'oreille de Blade en lui en mordillant le lobe au passage. C'est le miel de la vie.

Il ne sut si elle faisait allusion au Moët ou à l'amour, mais comme les deux allaient de pair, il lui sourit et après avoir bu, ils roulèrent de nouveau sur les draps chiffonnés. L'instant d'après, Félicia poussait un long feulement et son ventre se tendait vers lui comme pour mieux le recevoir encore. Dès lors, leurs corps ne formèrent plus qu'un. Dans une lutte farouche et folle qui les fit crier en même temps et qui, à l'issue de cette énième étreinte infernale, laissa la jeune femme en sueur, épuisée, le souffle court et le regard perdu.

Un peu plus tard, de grands cernes mauves sous ses yeux de nuit, et l'ombre d'un sourire comblé aux lèvres, elle passa un ongle carminé sur la veine qui battait encore à la tempe de Blade pour déclarer d'un ton songeur et d'une voix plus rauque encore :

— Tu ressembles à un ange, *amore.* Un ange… dangereux.

Tout en laissant courir son ongle sur le cou, puis sur l'épaule et enfin le torse d'athlète de Richard Blade, Félicia ne pouvait se défaire d'une pensée lancinante. Cet homme au visage à la fois d'ange et de démon qui lui avait arraché ces cris de fièvre, qui d'un simple regard faisait fondre son âme et son corps, qui déclenchait dans ses entrailles des volcans infernaux, cet homme-là lui faisait un peu peur. En cette unique soirée et par le miracle d'une mystérieuse alchimie, elle se sentait soudain soumise et heureuse de l'être. Elle venait de trouver en même temps son maître et son esclave.

Un esclave dont elle savait aussi qu'il serait son rebelle.

Un insoumis.

— Champagne, *amore ?*

De nouveau, elle brandissait le magnum de Moët pour remplir les coupes. Au passage au-dessus du corps de Blade, elle laissa échapper quelques gouttes sur son flanc nu et, roucoulant un petit rire grave, elle se mit à lécher le minuscule ruisseau de vin doré qui coulait jusqu'à l'aine. Puis insidieusement, ses lèvres glissèrent vers le ventre et le sexe de Blade. Un sexe encore gonflé de sève et qui se réveilla instantanément sous la savante caresse. La bouche de Félicia l'entoura, sa langue s'enroula, se fit tour à tour pressante et lascive, puis devint exigeante et Blade sentit monter une nouvelle fièvre en lui. Ses reins s'embrasèrent encore, son ventre se tendit et il ferma les yeux pour mieux savourer cet instant d'infini plaisir qu'est l'abandon total de soi à un être qui vous désire. Mais alors qu'il se laissait aller dans une espèce d'état second et qu'un torrent amorçait son déferlement dans ses reins, la bouche de Félicia l'abandonna soudain. Il ouvrit les yeux, vit le corps de la jeune Italienne ramper sur lui, la sentit s'empaler et il fut aussitôt prisonnier d'un fourreau tendre et brûlant qui se resserra autour de lui comme pour le retenir à jamais.

— Richard ! murmura Félicia à son oreille. Richard !

C'était comme une sorte d'incantation païenne. Une profession de foi, un aveu frémissant de soumission et de possession en même temps.

Une communion.

— Richard !

Maintenant, le corps satiné de Félicia bougeait. Lentement, il montait et descendait, se resserrant un peu plus à chaque fois autour du membre de Blade, exigeant toujours plus et frémissant de plus belle. La tête renversée en arrière, le souffle long et profond et prenant appui des deux mains sur le torse de Blade, elle accompagnait chacun de ses empalements d'un souffle rauque qui s'achevait dans un râle.

— Richard !

Et plus elle montait et descendait, plus Richard Blade sentait le torrent de ses reins enfler sa crue sauvage. Haletant, il se laissait plonger dans les affres suppliciantes et délicieuses d'une espèce de lente agonie qui l'emportait dans son maelström de feu. Il voulut basculer le corps de Félicia, reprendre l'initiative, gérer cette folie des sens qui gagnait tout son être et qui allait l'emporter sans qu'il l'ait décidé.

Richard !

Mais la jeune femme tenait bon. Il capta son regard, vit des éclairs fuser tout au fond des prunelles d'encre et il comprit qu'elle avait décidé.

Décidé de décider.

L'espèce de petit sourire lointain qui flotta une seconde sur ses lèvres entrouvertes disait clairement sa volonté de triomphe. Alors, Richard Blade oublia tout. Ses bras retombèrent en croix sur le lit, et il se laissa crucifier.

Et le téléphone sonna.

— Laisse sonner, *amore*.

Blade laissa sonner. Deux fois, trois fois...

— Ne réponds pas, *amore* !

Mais il en est des sonneries de téléphone comme de certains ordres. Il est difficile de ne pas y répondre. Surtout quand on espère secrètement l'appel d'une superbe rousse aux yeux d'émeraude. Alors, Richard Blade lança son bras sur le côté et décrocha le combiné.

— Non ! gémit Félicia en tentant de le retenir. Non !

Mais il était trop tard et, déjà, une voix résonnait dans l'appareil.

— Richard ?

La voix ... de J !

— Richard Blade ?

— Euh... oui, monsieur.

Juste à cet instant, Blade avait ressenti comme une petite décharge électrique dans les reins. Sur lui, sans doute pour se venger ou simplement pour bien marquer sa présence, Félicia avait accentué son léger mouvement du bassin. Son beau regard noir planté dans celui de Blade, elle semblait lui lancer un défi. Un défi qu'elle gagna. Blade sentit son corps s'incendier de nouveau et comme un volcan qui se déchaîne, sa sève déferla de nouveau dans les entrailles embrasées de la belle Italienne. Cette dernière poussa une sorte de rugissement, se cambra en arrière en frémissant longuement, avant de retomber sur le torse de Blade en feulant une longue plainte d'agonie.

— Richard ! Que se passe-t-il ?

Le cœur encore emballé et la gorge sèche, Blade attrapa sa coupe de Moët, la vida d'un trait, soupira en lançant dans le combiné :

— Rien. Rien, monsieur. Tout va bien.

Un silence sur la ligne, puis de nouveau la voix de J :

— Dans ce cas, faites vite. Pour vous éviter tout problème, une voiture est déjà en bas de chez vous. Je vous attends.

— Où ça, monsieur ?

Blade le savait évidemment. Mais il en voulait un peu à J d'avoir ainsi écourté son plaisir.

— Où voulez-vous que ce soit, Richard ! A la Tour !

La Tour. Le saint des saints du Projet DX. Le siège du plus grand secret de l'humanité.

— Richard ?

— Monsieur ?

— M'avez-vous bien compris ?

— Parfaitement, monsieur.

— On ne le dirait guère, renvoya froidement J. Vous devriez déjà avoir raccroché et fait vos adieux à cette délicieuse personne.

— Quelle personne, monsieur ? fit semblant de s'étonner Blade.

— Hum, ergota J. Eh bien... je vous attends.

Et ce fut lui qui raccrocha.

Blade soupira, leva un regard désolé vers la flamboyante Italienne, déclara :

— Navré, ma belle. Le devoir m'attend. Puis il fit doucement basculer le corps de Félicia sur les draps, mais alors qu'il allait se dégager, elle se resserra autour de lui comme un étau en grondant :

— Tu vas retrouver une autre femme.

Blade la considéra avec saisissement.

— Pas du tout. Je...

— Tu vas voir une autre femme ! gronda de plus belle l'Italienne. Je ne te laisserai pas faire !

Blade faillit éclater de rire. C'était la première fois qu'une toute nouvelle conquête lui faisait le coup de la jalousie. Amusé, il voulut de nouveau se dégager et Félicia resserra sa pression. Si fort qu'il se demanda où elle avait appris à faire ça.

— Tu n'iras pas ! grinça-t-elle avec un éclair de colère dans son beau regard sombre. Je saurai bien t'en empêcher.

Malgré lui, Richard Blade sentit de nouveau son sexe gonfler sous l'étrange massage. Tout d'abord, il songea utiliser la force, puis, se laissant soudain aller, il opta pour la solution désirée par Félicia. Cette fois, ce fut lui qui prit la direction des opérations et un instant plus tard, la jeune femme feulait de nouveau sous ses coups de boutoir. Il la fit encore crier deux fois et quand il se dégagea enfin de la bouillante étreinte pour avaler les dernières gouttes de sa coupe de Moët et Chandon, Félicia semblait morte.

Elle respirait pourtant. Lourdement.

Gisant sur la couche dévastée, bras en croix, regard vide et souffle court, elle ne fit pas un geste pour le retenir quand il quitta le lit pour gagner la salle de bains.

— J'ignore pour combien de temps j'en ai, lança Blade en enfilant son blouson Mac Douglas un peu plus tard. En partant, tire la porte derrière toi.

Toutes griffes dehors, la belle Félicia jaillit du lit, superbement indécente, prête à l'éborgner.

— Jamais ! cria-t-elle très comedia del arte. Jamais je ne reviendrai !

A ce stade de leurs rapports, Richard Blade

se prit à l'espérer. D'une savante esquive, il parvint à sauver son œil droit et un instant plus tard, il débouchait sur le trottoir noyé de *fog* et de crachin. Aussitôt, la portière arrière d'une longue limousine noire s'ouvrit et un costaud au crâne presque ras et au faciès dur en descendit. Cela sentait la *Special Branch* à plein nez.

— Richard !

La voix n'était pas celle du costaud. C'était celle de...

— Richard !

Une voix que Richard Blade aurait reconnue entre toutes. Celle de...

— Richard ! Que je suis heureuse !

Ce fut comme un tourbillon de feu. Jaillie d'un taxi, la crinière rousse s'était jetée à la rencontre de Blade et des lèvres chaudes et parfumées s'étaient soudain jointes aux siennes.

Les lèvres de Loret !

CHAPITRE II

— Enfin ! soupira doucement Loret en faisant à Blade un collier de ses bras. Enfin, je te retrouve !

— *Mister* Blade. Il faut y aller.

Cette voix-là n'était pas celle de Loret, mais celle du costaud de la *Special Branch.* Arrivé près du couple, il dominait Loret de sa taille de géant. Blade le foudroya des yeux, puis, sans commentaire, s'arracha à l'étreinte de la jeune femme pour plonger son regard dans le sien.

— Je suis content de ton retour, Loret. Très content. Hélas, comme tu peux le voir, cet homme me signifie qu'on m'attend ailleurs et...

— Je le vois.

Loret souriait un peu tristement.

— Mais je vais revenir, poursuivit Blade en la serrant contre lui.

Loret hocha sa crinière rousse.

— Je te demande pardon, Richard. J'ai été injuste envers toi. Tu as des obligations, maintenant, je le comprends. Je vais donc t'attendre.

Un signal d'alarme se mit à carillonner dans l'esprit de Blade. Il venait de voir le chauffeur du taxi décharger tranquillement deux valises de sa malle arrière.

— Eh ! s'exclama-t-il, qu'est-ce qu'il fait ?

— Tu le vois, sourit amoureusement Loret en se serrant de plus belle contre lui. Il décharge mes bagages.

— Mais...

— Durant mon absence, j'ai prêté mon appartement à un couple d'amis et...

Elle s'écarta soudain de lui pour lever son beau regard d'émeraude. Un regard où se lisait subitement le doute.

— Y aurait-il aussi quelqu'un chez toi ?

— Eh bien, je...

— J'ai compris, coupa Loret subitement glacée. Adieu.

— Loret !

Mais déjà, la jeune femme avait regagné son taxi et ordonnait au chauffeur de recharger ses bagages. Blade voulut se précipiter, mais un deuxième colosse de la *Special Branch* vint à sa rencontre.

— *Sir,* dit-il l'air à la fois gêné et catégorique. Nous avons reçu l'ordre de vous escorter au plus vite.

Blade esquissa un geste fataliste, puis après un dernier regard vers le taxi qui démarrait, il grogna :

— Allons-y.

Il serait toujours temps de s'occuper du

problème Loret après cette nouvelle mission qui semblait l'attendre.

S'il en revenait.

— Vous voilà enfin !

La voix de Lord Leighton ressemblait de plus en plus au grincement d'une porte. Après les soixante mètres de vertigineuse descente, l'ascenseur de la tour de Londres venait de déposer Blade devant les massives portes de bronze du laboratoire où se cachaient les secrets du fameux Projet DX. Portes qui s'étaient ouvertes à la lecture optique de sa paume et qui s'étaient aussitôt refermées derrière lui.

— La prochaine fois, il faudra sans doute vous envoyer chercher par tout un régiment, grinça de plus belle Lord Leighton.

Son fauteuil d'infirme arrivait sur Blade à la vitesse grand V. Au point que ce dernier esquissa machinalement une esquive. Lord Leighton laissa fuser un petit rire, grinça de nouveau en levant sur Blade ses petits yeux délavés :

— Nerveux, jeune homme ?

Blade aurait effectivement eu quelques raisons de l'être. En filigrane, il conservait en mémoire le petit drame qu'il venait de vivre avec Loret. Mais le voyageur interdimensionnel était d'une autre trempe que le commun des mortels. Déjà, son esprit refoulait toute pensée pernicieuse et il afficha ce petit sourire tranquille qui irritait parfois le vieux savant.

— Pas nerveux, opposa-t-il. Seulement impatient. Je sens que cette nouvelle mission va être une partie de plaisir.

Nouveau petit rire de Lord Leighton. Mais avant qu'il ne réponde, une autre voix s'interposa :

— Heureux de vous voir, Richard.

Sorti d'entre les rangées d'ordinateurs ronronnants qui occupaient le vaste local, J apparut, sourire aux lèvres. Avec ses cheveux blancs parfaitement lissés, son maintien quelque peu rigide et ses éternels complets de tweed, le chef du MI6 avait tout du *gentleman-farmer*. Juste une apparence. Il suffisait de croiser son regard gris pour se convaincre du contraire. J était un homme extraordinairement puissant. Sans doute autant que le Premier ministre en personne. Simplement, sa puissance ne s'exerçait que dans l'ombre complice du secret.

Il était le patron des espions.

— Désolé de vous avoir réveillé, reprit J en tendant une main osseuse et énergique à Blade.

L'ironie perçait sous le propos, mais Blade lui opposa un sourire désarmant.

— Sans importance, monsieur. Récupérer rapidement fait aussi partie de ma fonction.

Hochement de tête de J.

— Nous pensons que le moment est idéal pour un départ en mission.

— *Investigator* a encore frappé, ironisa Blade.

— *Investigator* n'est pas un sujet de plaisanterie, grinça Lord Leighton en manipulant fébrilement son fauteuil pour tourner autour des deux hommes comme un taon en furie. *Investigator* est une fabuleuse invention destinée à relayer l'esprit trop souvent déficient de l'homme et...

— Certes, certes ! coupa J. Richard n'en doutait pas une seconde. N'est-ce pas, Richard ?

— Bien sûr que non. Mais n'avions-nous pas dernièrement quelques problèmes avec sa banque de données ?

— Pas *quelques* problèmes, rugit le vieux génie infirme. Pas *quelques* problèmes, simplement *un* problème. Il...

— *Investigator* refuse d'obéir à nos demandes trop précises, reprit aussitôt J. En fait, son système de recherches se comporte comme pourrait le faire un savant un peu fou. Il investigue désormais au gré de sa seule fantaisie.

— Pas de sa fantaisie, rugit de nouveau Lord Leighton. Il réagit selon des critères qui peuvent paraître fantaisistes, mais qui en fait répondent à une ligne générale précise.

Blade fronça les sourcils.

— Laquelle ?

Ricanement gêné de Lord Leighton.

— Celle de l'imaginaire.

— Pardon ?

Soupir irrité de Lord Leighton.

— L'imaginaire, jeune homme! L'imaginaire serait-il étranger à votre culture?

Avant que Blade ne réponde, J intervint, conciliant :

— Lord Leighton veut dire qu'il vient de découvrir cette nouvelle ligne de recherches d'*Investigator* et que cela l'intéresse au plus haut point. Il lui fait lire des vidéocassettes et *Investigator* les interprète à sa façon. Par exemple en changeant le scénario. Amusant, non?

Soudain plus calme, mais plus concentré aussi, Lord Leighton intervint de nouveau en martelant chaque mot :

— Si mes soupçons se confirment, dit-il avec un regard illuminé de passion, c'est cette fois un univers fantastique qui serait en ce moment notre domaine privilégié de recherches. Car nous pourrons ainsi entrer de plain-pied dans le domaine de l'imagination.

Blade sourcilla.

— Que voulez-vous dire?

— Lord Leighton veut dire que si ses soupçons se vérifient, votre prochain voyage s'accomplira dans le royaume de l'imagination. Ceci pour fournir de nouvelles données à *Investigator*.

— Dans une dimension sans limites! s'exclama Lord Leighton en faisant tourner de plus belle son fauteuil autour des deux hommes. la dimension la plus folle que l'on puisse connaître. Celle de l'esprit créatif.

— Je vois, fit Blade. Mais pourquoi cette hâte ?

— Je viens de le dire, grinça de nouveau le vieux savant. Ces nouvelles recherches d'*Investigator* peuvent s'arrêter aussi soudainement qu'elles ont commencé.

Il soupira, ajouta sèchement :

— Mais vous semblez décidément plus porté sur les femmes que sur cette formidable aventure que nous fait vivre le Projet DX.

Blade lui retourna son plus innocent sourire.

— Sur les femmes et sur bien d'autres plaisirs, précisa-t-il en songeant au caviar, à la bonne chère française en général et en particulier aux magnums de Moët et Chandon gisant sur sa moquette de chambre.

Mais il fallait oublier tout cela. Songer à cette mission qui s'annonçait. Et tandis que Lord Leighton haussait ses frêles épaules en lançant son fauteuil, il se tourna vers J pour soupirer à son tour :

— Je suppose que les recherches du Programme n'ont toujours pas permis de découvrir une nouvelle pommade isolante ?

Sourire de J qui lui posa une main complice sur l'épaule.

— Désolé, Richard. Je crains que vous n'ayez raison.

En effet, l'onguent dont Blade devait se couvrir le corps avant chaque mission dégageait une odeur nauséabonde. Un petit supplice bien faible en regard de ce que chaque translation faisait endurer au voyageur interdimensionnel, mais détail qui lui gâchait positivement l'existence. Pourtant, faisant contre mauvaise fortune bon cœur, il se retira dans le vestiaire pour en ressortir un instant plus tard, quasi nu. Seul, le pagne exigé par la pudibonderie du vieux savant ceignait ses reins et son magnifique corps d'athlète surentraîné apparut dans l'éclairage laiteux des spots. A cette entrée, J ne put s'empêcher d'admirer. N'ayant pas d'enfant lui-même, le chef du MI6 avait toujours éprouvé pour Richard Blade un sentiment proche de l'affection paternelle. Au point que parfois, il le regardait « partir » en mission interdimensionnelle avec une pointe d'appréhension au cœur.

Comme ce soir. Car si effectivement le nouveau matériel de translation mis au point par Lord Leighton avait l'avantage de paraître moins barbare que l'ancienne cage, il n'en était pas moins vrai que la rupture de Richard Blade avec sa propre dimension constituait chaque fois un exploit physique et psychologique qu'il était à ce jour encore seul à pouvoir supporter. Une folie de la chair et des sens qui le conduisait chaque fois aux confins de la souffrance et de la mort.

— Allons, allons ! pressa soudain Lord Leighton qui revenait en brandissant un énorme pot en plastique. Dépêchons un peu ! La Science ne doit pas attendre.

Sans plus de manières, il fonça sur Blade qui venait de s'allonger sur le grand fauteuil noir.

Un engin proche du fauteuil de dentiste et qui trônait sur une petite estrade dressée sur divers isolants. Au-dessus, un écheveau de tubes souples et de fils descendait du plafond piqueté de spots et d'étranges appareils. Les branchements des dizaines d'électrodes, avec leur casque futuriste et les émetteurs d'ondes. En un instant, Blade fut recouvert de l'atroce pommade et sa grimace de dégoût fit sourire J. Mais déjà, Lord Leighton grinçait de nouveau de la voix pour ordonner :

— Ce que vous pouvez être délicat, mon pauvre jeune homme !

Il fallait sûrement être victime d'une sinusite carabinée pour ne pas être incommodé. Mais déjà, les électrodes prenaient place sur tout le corps de Blade et le casque vint bientôt lui coiffer toute la tête. Derrière le heaume de plexi fumé, il capta une dernière fois le regard de J et lui adressa un sourire. Pendant ce temps, Lord Leighton était arrivé à ses pupitres. Achevant de s'essuyer les mains aux pans de sa blouse immaculée, le vieux génie tourna une dernière fois sa tête déplumée vers Blade pour lancer de sa voix acide :

— Préparez-vous.

Richard Blade esquissa un autre sourire. Il était prêt depuis longtemps. En fait, grâce à l'intense entraînement de son corps et de son esprit, il était perpétuellement en état de mobilisation générale. Même quand d'aventure il se laissait aller aux joies coupables... des femmes, de la bonne chère, du Moët ou de la Wiborowa. Richard Blade n'était pas une machine. Il était simplement un homme d'exception.

— Attention !

Blade vit la main décharnée du savant planer un instant au-dessus du pupitre, puis s'abaisser et effleurer quelques touches clignotantes du clavier sensitif, avant de venir se poser sur la manette rouge sang qui lançait le processus translatoire. Connaissant parfaitement tous les tics gestuels du vieux génie, il sut au centième de seconde près quand le levier s'abaisserait et cela arriva exactement comme il l'avait prévu. Dans une dernière vision de son monde, il eut le temps d'entrevoir le dernier sourire de J, puis un ronronnement ténu s'éleva sous son casque, tandis qu'une étrange impression de légèreté montait dans tout son corps.

Tout son corps, sauf la tête.

Une tête qui donna l'impression désagréable d'enfler soudain très fort, avant que sa vue ne s'altère d'un coup et que le ronronnement devienne rapidement insupportable. Richard Blade connaissait tous ces états intermédiaires précédant ses « départs » vers l'interdimensionnel. Pourtant, depuis la mise en service de ce nouveau module futuriste, la douleur était plus forte. Le supplice plus angoissant encore.

« Translation plus forte », avait expliqué Lord Leighton. « Plus sûre aussi. »

Blade en était là de ses pensées chavirées, quand soudain, un raz de marée déferla dans ses entrailles et son sang se mit à bouillir dans ses veines. Un épais voile noir passa devant ses yeux dilatés et sa cage thoracique parut exploser, tandis que chaque fibre de sa chair hurlait sa souffrance. Dans le même temps, il lui sembla plonger dans un gouffre sans fond. Un gigantesque puits où des soleils rouges éclataient en le brûlant au passage. Puis la vitesse de sa chute s'accéléra encore et dans un déferlement grandissant de douleurs, d'incendies dantesques et de coups de canon assourdissants, il jaillit soudain dans la lumière. Une lumière blanche. Violente et cruelle qui brûla ses yeux hallucinés. Un rideau de lumière folle. Comme un fabuleux écran aux limites invisibles.

Un écran aveuglant qui se déchira sous le choc.

Richard Blade hurla, se débattit, voulut résister, hurla encore, puis, la bouche ouverte sur un ultime cri muet et à jamais figé dans ses chairs martyrisées, il ne vit plus que du noir.

Le noir absolu. Intégral, glacé.

Celui du néant.

CHAPITRE III

La première chose que ressentit Richard Blade fut une étrange impression de vibrations. Comme si le sol ou le support sur lequel il était couché était piétiné par des hardes de pachydermes en furie. Puis les douleurs revinrent et tout son corps le refit atrocement souffrir. D'abord, il eut une seconde d'incertitude, puis le souvenir crucifiant de la translation lui revint en mémoire et des visions apocalyptiques passèrent sous ses paupières closes. Enfin, son esprit surentraîné reprenant totalement ses fonctions, il ouvrit les yeux. Ou plutôt, il les entrouvrit.

En prenant soin de ne pas bouger.

Maintes fois au cours de ses précédentes missions, il avait pu noter l'intérêt d'un tel comportement. Une parfaite immobilité au moment d'un danger potentiel pouvait dans bien des cas éviter les inconvénients. Et cette fois mieux que tout autre, il avait l'impression très nette d'une menace.

Un danger immédiat. Mortel.

C'était juste un sentiment de malaise. Profond et vivace. Blade avait l'impression très nette d'être observé et qu'au moindre mouvement, il risquait d'être attaqué. Une notion de danger que son instinct aiguisé par l'habitude avait senti dès sa reprise de conscience. Maintenant, il attendait de situer cette menace avec exactitude afin de l'évaluer. Alors, millimètre après millimètre, retenant son souffle et mobilisant tous ses muscles encore endoloris, il tourna peu à peu la tête. Pour voir deux choses en même temps.

Un immense regard mauve... et un long poignard brillant.

Pointé sur lui.

Il faisait nuit. Une nuit rouge aux ombres mouvantes où les sons syncopés de l'étrange clameur montaient sinistrement. Une nuit avec un ciel couleur de sang, où trois énormes étoiles disposées en enfilade brillaient comme autant de feux qui couvent.

— Tu vas mourir !

Sous les yeux mauves, Blade avait vu deux lèvres bouger. Deux belles lèvres qui bougèrent encore pour lancer :

— Tu vas mourir, Vallah.

C'était une voix de femme. Douce, suave. Presque sensuelle. Le ton ne menaçait même pas. C'était un peu comme si cette voix tranquille avait émis une simple évidence. Avec peut-être même un soupçon de regret. D'ailleurs, l'étonnant regard mauve était demeuré inerte. Presque indifférent. Comme si un trop-plein d'épreuves l'avait à jamais terni.

— Tu vas mourir, répéta la voix douce. Comme tous ceux de ta race qui croisent le chemin d'une Refuse.

Grâce aux effets de la translation, Richard Blade pouvait instantanément comprendre et parler la langue de ceux des dimensions visitées. Il avait donc parfaitement compris, mais malgré la menace et malgré la pointe acérée de la lame à quelques centimètres de la gorge, le voyageur interdimensionnel ne pouvait s'empêcher de succomber au charme. Car dans cette nuit rouge et noire aux odeurs d'incendies, cette apparition sauvage était d'une fabuleuse beauté.

La femme était jeune. Comme Blade, elle était quasi nue. Belle à couper le souffle. Avec un corps magnifique, tout en courbes délicates et à la peau couleur d'ivoire, fine comme une soie. Avec ses cheveux roses réunis en une seule natte enroulée derrière la tête et son air à la fois grave et tranquille, l'apparition n'avait vraiment pas un air très guerrier. Pourtant, le regard mauve ne cillait pas et la main tenant le poignard semblait ferme.

Trop ferme.

Car en spécialiste de la question, Richard Blade avait déjà noté l'anormale crispation des phalanges. Livides à force de serrer le manche du poignard.

La femme avait peur.

Mais cela n'avait rien de rassurant. Au contraire. Par expérience, Blade savait combien il fallait se méfier de la peur des autres. Cette fille allait le tuer. Elle *devait* le faire. Pour une raison que Blade ignorait évidemment.

— Pourquoi veux-tu me tuer ?

La question avait jailli de lui le plus doucement possible. Le moindre éclat de voix pouvait déclencher le coup de lame meurtrier. Dans la position où il était, Blade n'aurait pas eu une chance. Il fallait parlementer. Rassurer. Mais la fille semblait ne pas avoir entendu la question. Au point qu'un instant, Blade se demanda si les fameux effets traductifs de la translation avaient opéré. Prudemment, il répéta :

— Pourquoi veux-tu me tuer ?

— Je ne veux pas te tuer, Vallah. Je le dois.

Blade ne s'était donc pas trompé. Piètre consolation en la circonstance. Il tenta un sourire.

— Pourquoi dois-tu me tuer ?

— Je le dois, répéta la fille.

Mais dans les immenses yeux mauves, il sembla à Blade avoir capté une lueur de doute. Toujours aussi prudent, il questionna :

— Qui te l'a ordonné ?

— Le Conseil des Refuses. Nous devons tuer le plus de Vallahs possible.

— Pourquoi une telle haine ?

— Haine ?

Les fins sourcils roses de la fille s'étaient froncés. Visiblement, elle ne connaissait pas ce mot. Tandis que dans la nuit des milliers de battements sourds redoublaient en faisant trembler le sol et l'air chaud, Blade argumenta :

— Pour quelle raison les Refuses doivent-elles tuer les Vallahs ?

— Tu le sais bien.

Toujours le même petit voile de doute dans le regard mauve. Il y avait un mystère dans tout cela et malgré cette lame qui menaçait sa gorge, Blade n'avait qu'une envie, celle de le connaître. Apprendre faisait partie de ses missions. Cette inconnue presque nue qui le menaçait savait. Il fallait qu'il sache aussi. Esquissant un autre sourire, il insista :

— Je ne compends pas.

L'air de doute qui flottait dans le regard mauve s'accentua et la Refuse renvoya :

— Tu comprends très bien. Tu as seulement peur de mourir.

— C'est vrai, admit Blade, je ne veux pas mourir. Mais c'est vrai aussi que je ne comprends pas.

Cette fois, il y eut un éclair de colère dans les grands yeux mauves.

— Tu comprends bien, cingla la voix soudain plus dure. Tous les Vallahs savent maintenant que les Refuses leur ont déclaré la guerre et qu'elles ne feront pas de quartier.

— Qui sont les Vallahs ?

La question abrupte prit l'inconnue de court. Son regard vacilla une seconde, se reposa sur Blade avec plus d'acuité encore. Mais le voyageur interdimensionnel n'avait pas lancé cela par hasard. Il connaissait le pouvoir destabilisant d'une question inattendue et à l'instant où le regard de la Retuse avait hésité, il avait déjà mobilisé tous ses muscles. Vif comme l'attaque du serpent, son bras gauche avait balayé l'air et son buste avait roulé sur le côté, tandis que sa main droite fusait déjà. Son poignet gauche chassa la main armée du poignard et tandis que son corps achevait son mouvement d'esquive, sa main droite avait frappé.

Juste à la saignée du coude de la fille.

Cette dernière poussa un petit cri, serra plus fort encore le poignard dans son poing. Réflexe naturel. Mais dans un mouvement acrobatique d'aïkkido confirmé, au sol Blade entraînait déjà son adversaire dans une chute de côté qui lui bloqua à la fois le bras, l'épaule et tout le buste. Elle cria de nouveau, rua, feula comme un fauve pris au piège.

Dans la seconde suivante, sentant qu'elle allait lâcher le poignard sous la prise de Blade, elle accomplit une sorte d'exploit. Lançant les jambes vers le haut, elle parvint à coincer le cou de Blade dans un ciseau nerveux qui lui coupa le souffle. Fugitivement, alors que dans le mouvement son visage entrait involontairement en contact avec la chair tendre située sous le pagne, son odorat enregistra une fragrance troublante. Epicée, brûlante. En d'autres circonstances, de tels parfums l'auraient ému. Mais la situation n'était pas à l'érotisme et il dut faire appel à toute sa science du combat pour simultanément se libérer et faire lâcher prise à la jeune furie. Le poignard disparut dans la nuit et Blade se retrouva à califourchon sur les hanches de la Refuse, lui bloquant les deux poignets pour éviter de se faire éborgner. Impuissante mais galvanisée par une rage glacée, la Refuse lui jeta dans un sifflement haineux :

— Vas-y, sale Vallah ! Viole mon ventre et finissons-en !

Interloqué, Blade s'indigna :

— Mais je ne veux pas te violer !

Elle rua de nouveau, puis, s'immobilisant d'un coup devant son propre constat d'impuissance, elle se résigna :

— Dans ce cas, tue-moi. Vite !

— Mais, je ne veux pas te tuer non plus !

Nouveau regard surpris de la Refuse.

— Mais, hasarda-t-elle de plus en plus incrédule, tu ne veux quand même pas me sacrifier à Olos ! Je suis encore trop jeune. D'ailleurs, ajouta-t-elle en faisant allusion aux échos lointains des tam-tams, tes frères, les Vallahs, ont déjà choisi l'Elue.

Sous Blade, le ventre de la belle Refuse était ferme et tiède. Animé de légers tremblements. Il sentit bientôt une onde électrique lui traverser les reins et son sexe se dressa instantanément sous le pagne. Détail qui ne pouvait échapper à la jeune Refuse. Pleine de colère glacée, elle siffla entre ses dents :

— Tu vois, tu veux forcer mon ventre.

Blade soupira.

— Non, dit-il en se relevant. Tu n'as rien à craindre.

Il tendait la main pour l'aider à se relever, mais elle hésitait. Etonnée, elle observait alternativement son pagne gonflé et son regard. Finalement, elle accepta son aide, se dressa face à lui, magnifique dans la nuit rouge, avec ses petits seins en poire qui semblaient le défier.

— Je ne te comprends pas, dit-elle en scrutant son visage. Tu sembles différent de tes frères vallahs.

Blade décida d'en finir.

— Je ne suis pas un Vallah.

Les grands yeux mauves se dilatèrent, incrédules.

— Tu n'es pas un Vallah !

— Je ne suis pas un Vallah, répéta Blade avec conviction. Je suis un étranger venu de très loin pour…

— C'est faux. Ce chien enragé est un Vallah. Tuez-le !

A la seconde où éclatait la voix dans le dos de Blade, quelque chose siffla dans l'air vibrant des tam-tams et une atroce brûlure lui cisailla le cou. Ce fut si rapide, si violent qu'il sentit aussitôt le souffle lui manquer. Il voulut lutter, porta les mains à sa gorge, essaya de desserrer l'étau qui l'étranglait, ne parvint qu'à se casser un ongle sur la lanière invisible. Déjà, sa vue se brouillait d'un voile opaque et des éclairs explosaient sous son crâne.

— Tuez-le ! entendit-il encore. Achevez ce chien puant !

Blade rua encore, reçut un terrible coup dans les reins, tomba à genoux, fut plaqué au sol par une masse grondante qui l'étouffa davantage. A cet instant, suivant le tempo des tam-tams, des tambours douloureux se mirent à battre à ses tempes et le voile s'épaissit devant ses yeux exorbités. Il eut un spasme violent, sentit ses poumons sur le point d'exploser et ses forces déjà entamées par la translation le lâchèrent un peu plus. La formidable puissance qui lui serrait le cou n'abandonnerait plus.

Il était déjà en train de mourir.

CHAPITRE IV

— Tuez-le, tuez-le !

Richard Blade était en train de mourir, mais son esprit conservait encore des bribes de conscience et, quelque part en lui, le refus de cette mort inéluctable galvanisait sa volonté de tenir encore un peu. Littéralement écrasé au sol par cette masse inconnue, il étouffait inexorablement, sentant la vie le quitter rapidement. Alors, dans un ultime sursaut de toute son énergie, il lança ses mains au hasard, cherchant un appui capable de l'aider à retourner la situation. En vain. Mais alors qu'il était de nouveau terrassé et qu'une poigne formidable lui écrasait la face contre terre, ses doigts rencontrèrent soudain un contact plus froid.

Comme du marbre. Ou de l'acier.

Le poignard !

Par le caprice d'un hasard extraordinaire, il venait de mettre la main sur le poignard de la Refuse !

— Tuez-le, tuez-le !

Dans la bagarre et malgré les battements sourds qui résonnaient dans sa tête, Blade percevait à la fois les échos des tam-tams et de sa propre bataille. Mais ses forces étaient à présent presque réduites à néant et il se dit qu'il n'aurait pas la force de soulever le poignard.

— Tuez ce chien de Vallah !

— Aaaahhh !

Dans un dernier sursaut, Blade avait réussi à enfoncer la lame dans la masse qui l'écrasait et un hurlement rauque avait jailli de cette dernière, couvrant tous les autres sons, surprenant même le voyageur interdimensionnel par sa puissance. Un véritable grondement d'orage qui s'acheva dans un couinement aigu et plaintif. Dans le même temps, la pression un instant relâchée de son adversaire se fit soudain plus forte et un nouveau voile rouge passa devant les rétines de Blade. Mais ce bref afflux de sang à son cœur lui avait suffi pour emmagasiner un peu de forces.

Et maintenant, sa main était complètement dégagée.

Alors, il frappa de nouveau. Férocement. L'instinct de survie commandait. Il frappa deux fois, et par deux fois, la lame du poignard s'enfonça jusqu'à la garde. Il y eut deux autres cris rauques, puis une longue plainte continue qui ne cessa plus. Blade parvint à se dégager, releva la tête, ne vit d'abord rien à cause du voile qui couvrait sa vue, puis il aperçut un éclair et ressentit un choc au flanc. Une douleur cuisante lui cisailla la poitrine et tandis qu'un autre adversaire s'accrochait à ses cheveux, il distingua enfin la masse à laquelle il venait de s'arracher.

Un monstre.

Un monstre de chair et de graisse, un monstre au féminin. Blanc, gélatineux, affreux, avec un étonnant casque rond sur le crâne. Un casque massif aussi monstrueux qu'elle et qui paraissait en fonte. Porter cela relevait de l'exploit, mais pour l'instant, le monstre avait des problèmes. Un flot de sang s'échappait de ses blessures. Un sang bleu vif avec des reflets verts. Avec des gestes malhabiles et inutiles, la femme monstrueuse essayait d'endiguer l'hémorragie et couinait toujours. Un son agaçant qui tenait à la fois de la sirène d'alerte et du grognement du cochon. Pendant ce temps, l'adversaire qui s'accrochait aux cheveux de Blade s'apprêtait à frapper de nouveau. Tandis que contre toute attente, la femme monstrueuse se redressait pour revenir à la charge, le voyageur interdimensionnel vit luire une lame à hauteur de son ventre et il frappa le bras armé d'un fulgurant revers du poing. Sans se soucier de ses propres cheveux. Son deuxième adversaire cria, laissa tomber son poignard et lâcha ses cheveux, avant d'aller rouler dans la poussière en gémissant à son tour.

Ebahi, Richard Blade vit qu'il s'agissait d'un enfant. Une fillette échevelée qui se relevait déjà pour contre-attaquer. Heureusement, les forces du voyageur interdimensionnel revenaient. En même temps que la colère montait en lui. Cette fois, cueillant la monstrueuse femme au moment où elle arrivait sur lui, casque en avant, il cogna.

Heureusement. Lancé à pleine charge par cette masse furieuse, le casque l'aurait littéralement fait éclater.

Beaucoup plus petit que la géante, il avait sauté de côté pour lui envoyer *in extremis* son poing en plein plexus. Juste entre les deux seins énormes qui ballottaient comiquement. Le monstre lâcha un grognement en soufflet de forge, recula de deux pas et tandis qu'elle s'affaissait de nouveau, son regard incrédule se voila, avant de basculer. Derechef, la fillette plongeait sur Blade. Elle avait récupéré son poignard. Simultanément, la Refuse qui avait repris ses esprits attaquait à son tour. Armée d'un gourdin, elle fonçait sur Blade avec des éclairs de haine au fond de ses yeux mauves, sans se préoccuper de l'attaque conjuguée de la fillette. Blade vit la lame de cette dernière fulgurer vers son abdomen et il ne dut son salut qu'à une acrobatique esquive de côté. Mais l'acier avait légèrement entamé sa peau et cette fois, il décida d'en finir. Sèchement, sa jambe droite balaya celle de la Refuse, et tandis que cette dernière perdait l'équilibre, il chassa le bras armé de la fillette qui poussa un cri aigu en lâchant de nouveau son arme.

Pendant ce temps, la Refuse revenait à l'assaut, faisant décrire de redoutables moulinets à sa massue. Mais Blade était lancé. Pivotant sur lui-même, il lança sa main gauche en barrage contre le gourdin. Détournant la course de celui-ci, il accompagna le mouvement, puis, contrant brusquement, il accrocha la poignet armé, pivota de nouveau, entraînant la Refuse dans une sorte de danse qui la déséquilibra une deuxième fois. Une prise d'aïkido parfaite dont elle n'avait plus aucune chance de se libérer. Elle cria, voulut résister, mais Blade poursuivait son mouvement et elle ne put finalement que céder pour éviter de se faire casser le poignet. Blade accompagna sa chute, envoya le gourdin rouler au loin et tandis que la Refuse immobilisée haletait de rage et de déception, Blade entendit soudain éclater des pleurs.

La fillette.

Elle venait de s'agenouiller près de la géante et pleurait à chaudes larmes en caressant maladroitement la grosse face suifeuse.

— Ranaké ! se mit-elle à sangloter. Ranaké ! Le Vallah a tué Ranaké !

— Je ne l'ai pas tuée, renvoya Blade en maintenant fermement la Refuse à terre. Elle n'est qu'évanouie.

Du moins, il le supposait. Ignorant la résistance physique de la géante, il avait dû frapper très fort.

— Il l'a tuée ! gémit encore la fillette. Il a tué Ranaké !

— Cesse de pleurnicher Siri ! renvoya la

Refuse en s'immobilisant enfin. Aucun Vallah ne pourrait tuer Ranaké d'un coup de poing.

— Je ne suis pas un Vallah, soupira Blade. Je te l'ai dit, je viens de très loin et...

— Il l'a tuée ! Il l'a tuée ! Elle perd son Essence de Vie !

La fillette avait de nouveau bondi sur Blade pour le rouer de coups de pied. Agacé, le voyageur interdimensionnel l'envoya de nouveau bouler dans la poussière, lançant sèchement à la Refuse toujours à terre :

— Dis à cette petite idiote de se calmer, avant que je ne lui donne une fessée.

D'abord, il crut que la Refuse allait encore essayer de se libérer pour se battre, tant la colère luisait dans ses étonnantes prunelles. Mais alors qu'il s'attendait au pire, elle soupira à son tour et abandonna soudain toute résistance.

— Ça suffit, Siri, lança-t-elle résignée. J'ignore ce qu'est une... fessée, mais c'est sûrement terrible. Les Vallahs sont capables du pire. Va plutôt voir si celui-là a vraiment tué Ranaké.

— Je ne l'ai pas tuée et je ne suis pas un Vallah.

Disant cela, et pour bien marquer sa bonne volonté, Blade avait relâché sa prise. Prêt à tout, il s'attendait à une nouvelle rébellion de la Refuse quand cette dernière se contenta de masser lentement son poignet endolori. Il insista :

— Mon nom est Blade. Richard Blade. Et je ne suis pas votre ennemi, ajouta-t-il, persuasif.

Levant enfin sur lui un regard plus calme, la Refuse jaugea longuement son grand corps d'athlète, avant de hausser ses minces épaules pour laisser tomber :

— Aucune de tes paroles ne semble juste, Richard Blade.

Elle marqua un temps, conclut :

— Ton corps est celui d'une de ces brutes de Vallahs et d'ailleurs, ce nom que tu dis porter n'est pas un vrai nom.

En d'autres circonstances, Blade aurait souri. Il subit un nouvel examen de la Refuse qui finit par déclarer, froidement ironique :

— On dirait un de ces noms de la Légende.

— Quelle légende ?

La Refuse haussa de nouveau les épaules.

— Un monde que l'on dit parallèle au nôtre et qui serait habité par des êtres supérieurs. Des Anciennes affirment que certains de ces êtres seraient exceptionnellement apparus par le passé, mais nous n'avons aucune preuve de cela.

Elle soupira, songeuse.

— Il ne peut s'agir que d'élucubrations. La Légende ne dit rien de précis et... et puis tu ne comprendrais pas, acheva-t-elle, agacée. Aucun Vallah ne peut comprendre ces choses.

Blade allait répéter qu'il n'était pas un Vallah quand la jeune Siri s'exclama :

— Elle n'est pas morte ! Ranaké n'est pas encore morte !

Blade préférait cela. Même dans une autre dimension, il aurait détesté avoir tué une femme. Eût-elle voulu le massacrer elle-même.

— Alors, renvoya la Refuse à la gamine, cesse de larmoyer ainsi et ramasse plutôt nos armes.

Levant un regard interrogateur sur Blade, elle questionna :

— Si tu l'y autorises.

Blade acquiesça et tandis qu'après un regard inquiet vers lui, la jeune Siri se lançait dans ses recherches, la Refuse le questionna :

— Ainsi, tu prétends venir... d'ailleurs.

— Je ne le prétends pas. Je l'affirme.

A cet instant, l'énorme masse de Ranaké se redressa sur son séant, les yeux encore hagards, mais grondant de fureur à la vue de Blade.

— Suffit, Ranaké !

La voix de la Refuse avait claqué comme une lanière de fouet. Aussitôt le monstre se calma, laissant peser sur Blade un regard incrédule.

Autour d'eux, la nature rabougrie du désert montagneux chuintait doucement dans un petit vent chaud et le ciel semblait réverbérer un incendie quelque part au-dessus des crêtes abruptes. La jeune Siri avait fini de ramasser les armes et était allée se blottir contre le corps ensanglanté de la géante. Apparemment, cette dernière ne semblait pas sérieusement touchée. Sans doute protégés par une épaisse couche de graisse et de muscles, ses organes vitaux avaient l'air épargnés.

Au-delà du son grave des tam-tams, on percevait parfois les échos lancinants d'une lente mélopée. Comme un chant funèbre poussé par des centaines de gorges. Tout cela donnait une ambiance lugubre que les plaintes du vent dans les rochers accentuaient encore. Toisant de nouveau la haute stature de Blade, la Refuse questionna :

— Et selon toi... Richard Blade, d'où viendrais-tu donc ?

Blade eut un geste vague désignant l'espace.

— Je viens d'un royaume qui s'appelle l'Angleterre, avoua-t-il. Un royaume situé très loin d'ici et qui m'a délégué pour étudier votre monde.

Les fins sourcils roses de la Refuse s'étaient froncés et elle tiqua :

— Je connais les Ecrits des Anciens et j'en ai même lu les principaux Enseignements, dit-elle pleine de doute. Et je n'y ai jamais rien vu qui fasse une quelconque allusion à ce prétendu royaume d'Angleterre. La Légende n'en fait pas mention non plus.

— De quelle légende parles-tu ?

— Aucune importance, éluda la Refuse. Aucun Vallah n'a jamais entendu parler de la Légende. Comme je l'ai dit, tu n'y comprendrais rien. Ce royaume d'Angleterre auquel tu fais allusion n'est encore qu'une invention de Vallah.

Blade sourit.

— Tu sais, fit-il valoir, aucun de nos livres ne fait non plus la moindre allusion à ton monde. Un monde dont tu ne m'as pas encore révélé le nom.

Une lueur incrédule passa dans les prunelles mauves de la jeune fille.

— Ce monde n'a pas de nom, renseigna-t-elle. En tout cas, aucun Shakre ne l'a jamais connu. Tous les Vallahs le savent.

— Je ne suis pas un Vallah, soupira Blade. Mais toi, demanda-t-il encore, n'aurais-tu pas non plus de nom ?

La jeune Refuse le toisa, hautaine.

— Je m'appelle Satarakabani-Pahal, lança-t-elle fièrement.

Nouveau sourire de Blade qui décida, prudent :

— Si tu le permets, je t'appellerai Tara.

Nouveau regard de la Refuse aux muscles puissants de Blade. Des muscles qui semblaient la fasciner. Ce fut pourtant sur un ton plein de morgue qu'elle lança :

— Ton esprit est-il si petit que tu ne puisses retenir un simple nom ? railla à son tour la Refuse.

— Je préfère seulement t'appeler Tara.

— C'est bien ce que je dis, alors. Ton esprit est trop petit.

Blade n'insista pas. Tout en l'observant avec un regain de curiosité, la Refuse massait toujours son poignet endolori, mouvement machinal qui faisait légèrement trembler ses seins. Vision troublante à laquelle Blade s'arracha à contrecœur. Juste à l'instant où la voix de la petite Siri s'élevait, pointue et hostile :

— Fais attention, Satarakabani. Les pensées de ce Vallah sont impures. En ce moment, ses songes secrets sont concentrés sur le viol de tes entrailles.

— Je le sais, répondit sèchement la Refuse. Je suis pas encore assez ancienne pour avoir déjà perdu mes facultés mentales.

Il ne manquait plus que ça ! Des télépathes ! Au moins, la communication entre eux serait en prise directe.

— Ecoute, Tara, intervint Blade en se redressant de toute sa hauteur. Je ne suis pas venu du fond des univers pour concentrer mon esprit sur le viol de tes entrailles. Je te l'ai dit, je suis ici dans le seul but d'apprendre qui vous êtes. J'ignore si cette enfant joue la provocation ou si la télépathie fait partie de ses facultés mentales, mais cette discipline n'est pas non plus un secret pour moi. Au cours de mes voyages dans l'interdimensionnel, j'ai maintes fois eu l'occasion de...

— Comment as-tu dit ?

Blade considéra Tara avec étonnement.

— J'ai dit que j'avais eu maintes fois...

— Non. Avant cela.

— Eh bien, j'ai parlé de télépathie et d'interdimensionnel et...

— Il a dit télépathie ! cria la jeune Siri. Il a

dit le nom de la science des Innocentes et de l'Héri…

— Tais-toi, petite sotte ! coupa la Refuse d'une voix glaciale. Tu dis des sottises.

Puis s'adressant de nouveau à Blade, elle questionna :

— Comment connais-tu ces mots, Richard Blade ?

Cette fois, les grands yeux mauves étaient intensément accrochés à ceux de Blade et une vraie lueur d'intérêt y luisait. D'intérêt fortement teinté d'étonnement. Blade résuma :

— Je connais ces mots parce qu'ils font partie du langage de mes semblables. Je te l'ai dit, je viens de très loin.

La Refuse semblait soudain troublée.

— Saurais-tu donc ce que signifient, ces mots ?

— Bien sûr. D'ailleurs, puisque tu prétends lire dans mes pensées, tu dois pouvoir déchiffrer la définition que j'en fais.

Hésitation de la Refuse, puis :

— Hélas non, avoua-t-elle. Je n'entends rien à ces questions. J'ai seulement entendu dire que certains humains possédaient ce pouvoir. J'ai aussi entendu dire que le mot… interdimensionnel, récita-t-elle en hésitant, figurait dans le Texte de la Légende.

Elle regarda Blade, songeuse, avant de reprendre.

— C'est pourquoi je suis troublée.

— Troublée ?

— Troublée par toi. Parce qu'à ma connaissance, les esprits des Vallahs sont trop petits pour connaître l'existence de ces choses.

— Ces Vallahs sont-ils donc d'une culture différente de la vôtre ?

— Ce sont des sauvages, précisa Tara en affichant une moue méprisante. Ils ne connaissent que leurs instincts et leur dieu Olos. Et surtout, aucun d'eux ne connaît ces mots, car aucun Vallah ne connaît la Légende.

— Que dit cette Légende ?

— Je... je n'en ai jamais eu pleinement connaissance. Je pense qu'elle colporte l'histoire de notre peuple, dit-elle évasive.

Blade aurait bien poursuivi l'entretien, mais les tam-tams résonnaient de plus en plus fort dans la montagne. Il indiqua cette direction pour s'enquérir :

— Ce sont les Vallahs ?

Signe négatif de la Refuse.

— Ce sont les nôtres. Ils s'adonnent aux rites de primates que leur ont imposés les Vallahs. Cela durera jusqu'aux premières lueurs des Aurores. Les sacrifices auront alors eu lieu et il faudra dès lors attendre l'arrivée de l'Elue pour accomplir la fin du Rite.

Blade allait demander ce que signifiait tout ceci, quand Tara ajouta sombrement :

— Il faut prendre garde. Après les sacrifices de cette nuit, les guerriers Vallahs se remettront en chasse.

— Contre qui ?

— Contre nous.

— Tu veux dire contre vous trois ?

La Refuse acquiesça.

— Pour nous tuer, précisa-t-elle. D'ailleurs, nous sommes déjà mortes.

La petite Siri ajouta, acide :

— Et si vraiment... comme je suis tentée de le croire, tu n'es pas un Vallah, Richard Blade, ils te tueront aussi.

— J'espère bien m'y opposer, ironisa Blade.

Un lourd silence, puis de nouveau la Refuse :

— C'est impossible, Richard Blade.

— Comment ça ?

Nouveau silence, avant que Tara ne laisse tomber comme une sentence :

— Impossible. Si tu restes avec nous, tu mourras forcément. Comme nous. Car tel est notre destin.

CHAPITRE V

— Pour le moment, je suis encore vivant.

La Refuse observa Blade un instant avec gravité, puis voyant qu'il ne comprenait pas, elle expliqua :

— Bien sûr, tu es encore vivant. Mais les Vallahs savent tout. Une mystérieuse force spirituelle venue de très loin les informe de tout et leur dicte ses ordres. Alors, ils connaissent déjà ton existence et dans leur esprit canalisé par cette mystérieuse force, tu es déjà mort, puisque tu es avec nous.

— Comment s'appelle cette force ?

— Je l'ignore. Mais elle émane de leur dieu Olos. Ils savent tout. Ils sentent tout. Les Plantes Folles de la montagne leur donnent un formidable pouvoir. Jusqu'alors, grâce à l'instinct primaire de Ranaké, Siri et moi avons exceptionnellement réussi à survivre, mais cela ne durera pas. Je le sais.

— Tu lui parles trop ! Il a blessé Ranaké, lança la fillette d'une voix acide en défiant

Blade de son regard d'enfant têtue. Et cette fois, elle ne pourra plus nous défendre. Elle va mourir.

— Tu dis décidément des sottises, Siri, renvoya la Refuse. Tu sais qu'une Ranaké ne meurt pas de ses blessures. Elle meurt quand sa vie doit s'arrêter après qu'elle eut accompli toute sa Mission.

Blade alla se pencher sur le monstre au féminin, se redressa, rassuré.

— En effet, je ne pense pas que ton amie soit en réel danger. Sa chair est bien trop épaisse et trop dure pour un tel poignard.

Siri lui tira la langue, se détourna ostensiblement pour murmurer des choses à la Ranaké.

La Refuse afficha une expression de fierté pour expliquer :

— Nos Ranakés sont des êtres à part. Très fortes et très fidèles. Des êtres que la légende dit issus de la volonté même des Nuées sacrées pour nous servir dans les desseins du bien. Leur Essence de Vie ne peut les quitter que par la volonté des Nuées sacrées. Elles ne craignent rien des armes des Vallahs.

Blade eut un geste irrité.

— Tant mieux si celle-ci ne risque rien, mais je n'ai fait que me défendre. C'est vous qui m'avez attaqué.

Il tira la Refuse par le bras, la forçant à se remettre debout. Puis s'adressant aux trois à la fois, il déclara :

— Rien n'est jamais perdu d'avance. En

premier lieu, je voudrais me rendre compte par moi-même des forces ennemies. Toi, enjoignit-il à Tara, tu vas me conduire sur les lieux de cette fête sacrificielle où tu me feras l'historique de toute cette affaire. Quand j'aurai entendu et vu, je serai mieux à même d'établir un plan.

— Un plan ? s'étonna la Refuse.

— Un plan de bataille.

— Bataille ! Mais on ne peut pas lutter contre les Vallahs et encore moins contre la volonté d'Olos.

Blade éleva la main en signe de protestation.

— J'ignore en effet quelles sont les forces en présence, admit-il, mais je sais déjà une chose : je ne me laisserai pas tuer sans me battre.

Il se tourna vers le monstre blessé et la petite Siri pour déclarer :

— Restez ici. Nous reviendrons vous chercher.

— Il va nous abandonner ! cria la fillette à l'adresse de Tara. Il va violer tes entrailles et nous abandonner ici.

Lentement, Blade alla s'accroupir devant Siri, plongea son regard dans le sien, finit par promettre seulement :

— Je ne violerai aucune entraille et je reviendrai. D'ici là, j'espère que ta Ranaké sera remise de ses blessures.

— Ne pars pas avec lui ! supplia la fillette à l'adresse de la Refuse. Emmène-nous !

— Je ne crois pas que Richard Blade violera mes entrailles, la rassura la jeune fille. Je ne crois pas non plus qu'il vous abandonnera. Ses pensées sont pures. Je le sens.

Siri toisa Blade sans aménité.

— Je crois que non, dit-elle, pleine de conviction. Ce Richard Blade est un guerrier. Et nous n'avons rien de bon à attendre d'un guerrier. Pas plus que des Vallahs.

Elle avait décidément la rancune tenace. Blade demanda de l'eau et la Refuse disparut un instant pour revenir en compagnie d'une monture haute et maigre qui tenait à la fois du cheval, de la licorne et du lévrier. Un animal apparemment rétif et qui ne cessait de piaffer. De sous la fourrure qui servait de selle, la Refuse tira une grosse gourde en peau de bête aux trois quarts remplie. Elle la tendit à l'enfant, enjoignit.

— Fais-en bon usage. Nous reviendrons.

Comme indifférente à leur querelle, la monstrueuse femme laissa fuser un soupir en se laissant aller contre une souche.

Levant ses étonnants yeux mauves sur Blade, la Refuse déclara :

— Je consens à te guider jusqu'aux abords du Shakra, mais il faudra être très prudents. Si les Vallahs nous capturent, nous serons tous deux torturés puis sacrifiés sur l'autel d'Olos.

— Nous essaierons de ne pas nous faire prendre. A part ces poignards et ce gourdin, de quel armement disposes-tu ?

— De ça.

Ça, c'était un sabre grossier en acier massif

que Tara venait également de sortir de sous la fourrure de la selle. Une arme antédiluvienne dont le fil du tranchant ressemblait à une lame de scie, tant il était usé et rouillé. Un engin bien trop lourd pour la frêle constitution de la Refuse. Blade fit la moue.

— C'est tout ?

Mine contrite de Tara.

— Oui, avoua-t-elle, piteuse. C'est tout ce que nous avons réussi à soustraire aux Vallahs. C'est maintenant le sabre de Ranaké.

Blade s'en doutait. Il empoigna l'arme, la trouva relativement équilibrée, la fit siffler dans l'air chaud de la nuit en deux moulinets qui allumèrent des lueurs d'intérêt dans les yeux de Tara.

— Tu sembles très vigoureux, Richard Blade, dit-elle en essayant de dissimuler son admiration.

— Aussi vigoureux que n'importe quel guerrier vallah ! renvoya perfidement la petite Siri.

Elle usait aussi très bien de l'à-propos.

— Allons-y, enjoignit Blade.

D'autorité, il sauta sur la monture qui poussa un cri aigu avant de ruer férocement. Mais Blade était fermement en selle et ce fut d'un bras énergique qu'il hissa la Refuse en croupe. Celle-ci se rebella :

— Mon kasar a l'habitude d'être mené par moi.

— Les habitudes sont faites pour être bousculées, renvoya Blade en s'apprêtant à lancer l'animal en avant.

A cet instant, dardant sur Tara un regard triste, la petite Siri déclara, étrangement résignée :

— Si les Vallahs te reprennent, tu sais ce qui va t'arriver.

— Je le sais, répondit Tara sur le même ton désenchanté.

— Ils te remettront dans le Texte.

— Tais-toi !

— Tu ne seras de nouveau plus qu'une illu…

— Tais-toi !

— Plus rien qu'une illusion !

Mais Tara avait frappé les flancs du kasar de ses talons nus et la monture partit comme une flèche en hennissant rageusement.

CHAPITRE VI

— Plus rien qu'une illusion !

En d'autres circonstances, le voyageur interdimensionnel aurait sans doute cherché le sens caché de cette insolite mise en garde, mais le temps pressait et il piqua les flancs de la monture des deux talons. L'animal rugit de nouveau, se cabra une dernière fois, avant de se lancer au galop à l'assaut des montagnes. Derrière Blade et accrochée à lui comme à une bouée de sauvetage, la Refuse poussa un cri perçant :

— Ton esprit est malade, Richard Blade ! Tu vas nous fracasser sur les roches.

Mais en cavalier émérite, Richard Blade savait d'instinct ce qui convient à une monture. Ce kasar demandait visiblement beaucoup plus d'exercice que le simple trot auquel Tara semblait l'avoir habitué. Bondissant par-dessus les rochers comme un as du jumping, il s'élevait à flanc de montagne avec la puissance d'un fauve. Derrière Blade, la Refuse paraissait terrorisée.

Ses ongles meurtrissaient les flancs de Blade et elle poussait parfois un petit cri qui s'achevait en gémissement.

— Tu vas nous tuer, répétait-elle sans cesse. Tu vas nous tuer.

Elle ne faisait même plus allusion au danger de tomber sur les Vallahs. Pourtant, chaque foulée du kasar les rapprochait inexorablement du théâtre de leurs sacrifices. Soudain, au détour d'une crête, la lumière rouge devint plus vive et Blade stoppa l'animal.

— Attention, prévint Tara. Ils ont des patrouilles qui rôdent toute la nuit. Il faut laisser le kasar et s'approcher à pied.

S'approcher de quoi ? Blade ne voyait rien d'autre qu'un immense plateau rocailleux et couvert de maigres steppes où poussaient çà et là quelques boqueteaux. Loin sur la gauche, une maigre forêt allait buter contre le flanc des montagnes. Au centre du grand plateau, un grand cylindre de lumière rouge vif semblait jaillir du sol pour se ruer vers le ciel incendié. Comme un rideau de feu et de fumées jaillissant d'un monumental cratère situé à ras du sol. A cette distance, Blade ne pouvait distinguer aucun détail du décor, mais il lui sembla qu'une espèce de haie avait été plantée tout autour du gigantesque cratère.

— Qu'est-ce que c'est ? questionna-t-il.

— Le Shakra. Viens, je connais une cachette.

Elle indiquait la lointaine forêt et Blade y

dirigea leur monture. Un long galop entrecoupé de haltes prudentes pour observer les environs. Quand ils parvinrent enfin sous le couvert des premiers arbres, ils durent laisser le kasar pour s'enfoncer plus loin à pied. Et tandis que Tara l'entraînait dans l'obscurité, Blade questionna :

— Qu'est-ce que c'est, le Shakra ?

— La cité du peuple shakre. Mon peuple, précisa-t-elle à la fois avec fierté et désespoir. Un peuple humilié et soumis à l'esclavage depuis toujours par les Vallahs et leur dieu Olos. Viens, suis-moi.

Ils se faufilèrent dans la nuit teintée de rouge, progressant de bosquets en buissons, contournant mais s'approchant peu à peu du rideau de lumière. A cette distance, Blade pouvait à présent voir le nuage de fumée qui semblait sortir du sol. Epais, dégageant des odeurs complexes de résine, de sueur et d'autres choses entêtantes.

— Attention, prévint encore la Refuse. Lors des rites sacrificiels, ils font brûler le rab. Une des Herbes de Folie dont je t'ai parlé et qui embrume les esprits.

En effet, plus ils approchaient, plus le voyageur interdimensionnel se sentait devenir étrangement léger. Presque euphorique. Pour un peu, il aurait haussé les épaules à l'idée d'être pris par les Vallahs. Heureusement, son esprit et sa volonté aguerris par l'entraînement et par ses multiples translations pouvaient instantanément réagir contre les effets des drogues.

Car il s'agissait bien de drogues.

Selon toute vraisemblance, ces fumées qui montaient du sol attestaient du brûlage de produits narcotiques. C'était comme si une immense bouche de cheminée avait évacué en même temps les vapeurs toxiques de milliers de joints.

Difficile de rester lucide.

— Tu es brave, Richard Blade ! Par les Nuées Sacrées, ce que tu peux être brave ! Mais attention aux Vallahs !

Dans le dos de Blade, la voix de la Refuse avait subitement changé. Le ton était soudain devenu léger. Exagérément admiratif. Comme celui d'une femme grisée par l'alcool. Les vapeurs de la mystérieuse drogue.

— Parle moins fort, renvoya Blade.

Simple formule. Le tempo des tam-tams montant à présent du cratère était assourdissant et les clameurs qui les accompagnaient formaient une épaisse toile de fond sonore.

— Par ici, Richard Blade. Viens. Ça va être drôle !

Il y avait sans doute situation plus comique, mais Blade n'était pas là pour discuter. Déjà Tara l'entraînait dans la poursuite du détour qui leur fit décrire un arc de cercle autour du cratère. Après environ un demi-mile de progression, la Refuse s'immobilisa à la lisière de la forêt et Blade vit à cet instant un des éléments de l'étrange haie bordant le cratère se dissocier des autres. Il comprit alors que la haie n'avait rien de végétal.

C'étaient des hommes.

Par centaines, peut-être par milliers. Une colonne humaine de plusieurs miles de circonférence. La Refuse qui avait suivi le regard de Blade laissa échapper un petit rire excité avant de déclarer avec l'emphase des gens ivres :

— Les sentinelles vallahs !

En fait, il s'agissait d'une véritable armée. Un anneau de guerriers vallahs immobiles, piqués là comme les lances qu'ils dressaient vers le ciel.

De quoi refroidir le plus brave kamikaze.

— Viens, lança la Refuse en entraînant de nouveau Blade sous le couvert. S'ils nous repèrent, nous sommes morts.

Se griffant aux branches basses ils progressèrent encore sur une distance qu'il ne put évaluer, avant que la jeune femme ne s'arrête soudain.

— C'est ici, dit-elle.

Se méfiant des effets narcotiques des fumées, le voyageur interdimensionnel questionna :

— Qu'est-ce qui est ici ?

— Mon passage.

— Ton passage ?

— Aide-moi, Richard Blade.

Elle se mit aussitôt à fouiller le sol, soulevant un épais tapis de branchages et de feuilles sèches et Blade l'aida à déplacer une grosse pierre plate coincée entre les racines d'un arbre.

— Suis-moi, invita aussitôt la Refuse en

ramassant quelque chose que Blade ne put identifier. Fais attention, c'est très étroit.

Ils se retrouvèrent dans une cavité au fond de laquelle s'amorçait un boyau creusé dans la terre. Blade entendit un craquement, vit une courte flamme jaillir d'une mince baguette que brandissait Tara. Une sorte d'allumette qui enflamma à son tour l'embout résineux d'une petite torche. Dans les prunelles de la Refuse, une lueur de triomphe luisait et elle expliqua :

— C'est mon tunnel. J'ai mis des phases et des phases de temps à le creuser de mes mains.

Un boyau étroit, grossièrement étayé qui s'enfonçait dans le sol en suivant une pente raide et sinueuse. La flamme de la torche avait viré au rouge vif et tout aussi fièrement, la Refuse expliqua encore en montrant ses « allumettes » :

— Le feu solide est la propriété du dieu Olos. Lui seul peut permettre aux Vallahs de s'en approvisionner. Heureusement, j'ai pu leur en voler un peu à ceux que Ranaké parvient parfois à tuer. Ainsi, nous aussi nous avons le feu et la lumière.

Blade examina l'embout d'une des « allumettes » que tenait encore Tara. C'était solide, jaune citron vers le bas et plus brun vers le bout. Un mélange soufré. Olos, le dieu des Vallahs, possédait à la fois la matière première et la connaissance de la chimie. Mais quoi de plus logique de la part d'un dieu ?

— C'est du soufre, commenta Blade.

La Refuse leva sur lui son regard mauve. Pleine d'admiration, elle s'étonna :

— Tu connais donc les secrets des dieux ?

— Le soufre n'est pas un secret. Il s'agit d'un métalloïde solide que l'on trouve dans le sol. Les montagnes de ce dieu Olos doit en contenir.

Un instant décontenancée par l'exposé de Blade, Tara hésita, puis n'y comprenant visiblement pas grand-chose, elle reprit la direction des opérations.

— Viens, dit-elle. Nous avons un long chemin à faire.

L'un derrière l'autre, ils s'aventurèrent dans le boyau. Parfois, Blade devait quasiment ramper pour franchir les passages trop resserrés. Il questionna :

— Quelle est l'origine de ce souterrain ?

— Selon les Ecritures, au commencement des temps, ces terres étaient submergées par les Flots Infinis et les Vulkas y crachaient leurs feux intérieurs. Ces failles seraient nées de ces déchaînements. A présent, seulement quelques sources et quelques rivières circulent dans ce sol aride. D'ailleurs, nous allons bientôt trouver l'une d'elles.

Un moment plus tard, au détour d'un coude, Blade entendit nettement le bruit caractéristique de l'eau et suivant toujours la jeune Refuse, il s'engagea dans un second puits qui aboutit effectivement à un autre boyau. Une galerie où courait une eau vive et claire.

— Nous arrivons, déclara Tara en l'invitant à se plonger dans le flot.

Une eau froide qui saisissait et durcissait les muscles. Mais Blade avait vécu bien d'autres aventures et, en un instant, son métabolisme avait intégré le choc thermique. Ils progressèrent encore sur environ un mile, avant que le flot ne devienne subitement torrent.

— Attention ! cria Tara. Ne te laisse pas entraîner, Richard Blade. Tu te fracasserais contre les roches.

Blade se demandait comment la frêle Refuse parvenait à lutter contre le courant. Finalement elle semblait d'une surprenante résistance. Enfin, par-dessus le bruit de l'eau vint soudain s'en superposer un autre. Inattendu.

Celui des tam-tams.

Puis il y eut un autre coude et la lumière explosa. Rouge. Enfumée, chargée de relents divers et de fragrances opiacées. Et tandis que les échos des tam-tams ricochaient de roche en roche, entraînant avec eux la rumeur ambiante d'une foule invisible, un grondement sourd parvint à l'oreille de Blade. Un grondement qui semblait émaner des profondeurs de la terre.

— Nous sommes arrivés, Richard Blade !

La Refuse désignait la longue faille horizontale et lumineuse dans laquelle le torrent se ruait pour disparaître aussitôt. Alors, glissant sur les pierres et manquant se faire entraîner une bonne demi-douzaine de fois, le voyageur interdimensionnel s'aventura jusqu'au bord de la faille.

— Fais attention, Richard Blade.

Tara pouvait bien crier. Le grondement et les échos des tam-tams étaient tels que personne n'aurait pu les entendre. D'ailleurs, Richard Blade n'écoutait plus. Allongé dans le courant traître et glacé, il devait s'accrocher de tous ses ongles pour ne pas être emporté. Maintenant, centimètre après centimètre, luttant de toute son énergie contre le froid qui paralysait peu à peu son corps, il avançait le cou au-dessus de la lèvre rocheuse.

Jusqu'à ce que son regard embrasse le décor.

Un décor fou.

CHAPITRE VII

Un puits.

Un gigantesque puits profond d'une cinquantaine de mètres et aux parois rougeâtres et lisses comme du marbre. Avec tout en bas et bâtie en espaliers formant un vaste entonnoir, une cité de cases aux toits de palmes ou de branchages. Une cité en pleine effervescence, où toute une population apparemment en plein délire et brandissant de longues torches aux flammes rouges dansait au rythme des tam-tams.

Des centaines et des centaines de pieds frappant le sol avec ensemble et des centaines de corps peinturlurés et emplumés qui semblaient pris de transes. Dans la lumière rouge, la poussière et la fumée des torches se mêlaient en une sorte de brume dont les émanations résineuses irritaient la gorge et les yeux.

Les battements sourds et les chants montaient vers Blade, réverbérés par la paroi lisse, venant buter contre le rideau grondant de la chute d'eau. Un rideau scintillant qui s'enfonçait trente mètre au moins plus bas, dans le lit bouillonnant de plusieurs cascades. Ces dernières se regroupant elles-mêmes en un vaste réservoir qui occupait une bonne partie du site directement situé à la verticale de Blade. Détail insolite, aucun cours d'eau et aucune issue ne paraissaient évacuer le trop-plein de cette alimentation continue. Sans doute une rivière souterraine située encore plus bas.

Au centre du cratère, formant comme l'iris en relief d'un œil stylisé, trois escaliers en pierres disposés en triangle permettaient l'accès à une sorte de scène de même forme. Une scène pour le moment déserte, sur le pourtour de laquelle s'érigeait une série de pierres plates et de couleur sombre. A l'opposé de Blade, à plus d'un mile de là, une vaste esplanade rocheuse en demi-lune. Surélevée d'une quinzaine de mètres par rapport au sol de la cité, elle comportait un double treuil en bois, auquel une plate-forme était accrochée. Unique système permettant à première vue son accès. Ces espèces de monte-charge, dont plusieurs autres exemplaires étaient accrochés tout autour du sommet, étaient probablement destinés aux approvisionnements et aux vacations de la troupe vallah dans le cratère. Troupe dont un échantillonnage était disposé en cordon sur un large chemin de ronde partant de l'esplanade en demi-lune. Au fond de celle-ci, une porte gigantesque imprimait sa masse de troncs assemblés sur la muraille rougeâtre plaquée au flanc de la montagne. Au moins trente mètres de haut sur environ vingt de large. Un ouvrage dément, complètement disproportionné. En comparaison, les habitants de la cité ressemblaient à de minuscules insectes.

A l'instar des Vallahs.

Une véritable armée disposée elle aussi en cordon, mais beaucoup plus haut, au sommet du cratère. Des guerriers d'apparence redoutable. Vêtus de cuir et d'acier, armés de lances, d'arcs et de sabres monumentaux, coiffés d'imposants casques à rabat de nuque et comportant d'étranges heaumes figurant des masques d'oiseaux de proie. Immobiles dans la nuit rouge et auréolés de fumée, ces Vallahs puissamment armés ressemblaient à des robots de guerre.

— Fais attention, Richard Blade.

La Refuse venait de le rejoindre et elle s'accrocha à son bras en prévenant :

— Attention qu'ils ne t'aperçoivent pas. Il vaut mieux reculer un peu. D'ailleurs, cette nuit, le courant est fort. Les larmes du ciel doivent tomber sur les montagnes.

De fait, depuis son arrivée, le voyageur interdimensionnel avait effectivement noté une légère augmentation de la force du courant. Mais il avait pris de solides appuis contre les roches affleurant la surface des flots et se sentait capable de retourner en amont.

— Qui sont tous ces gens ? interrogea-t-il.

A cause du grondement de la chute, ils

devaient quasiment crier, mais au moins, personne ne risquait de les entendre.

— Ce sont ceux de ma race, dit Tara. Les Shakres. Et ceci est le Shakra, ajouta-t-elle en désignant l'étrange cratère. La prison de mon peuple.

Elle laissa son regard parcourir un instant le décor, puis, pointant son doigt vers un groupe de masures un peu à l'écart, elle déclara tristement :

— Vois cette case, celle dont le toit s'effondre sur le côté, eh bien, c'est celle de notre clan. C'est là que ma chère mère Santaranah est partie pour les Nuées Sacrées et c'est là que j'ai abandonné ma chère Pabanranih-Pahal quand je me suis enfuie. Ma Nati. La mère de ma mère ! Le chagrin a dû transporter son corps et son âme au sein des Nuées Sacrées.

Une larme brillait au coin de sa paupière et Blade eut pitié.

— N'aie pas de regrets, Tara. Les mères et les filles doivent se séparer. Ceci est dans l'ordre des choses.

— Pas chez les Shakres ! renvoya la jeune Refuse. Chez nous, cela ne s'est jamais fait. Ou alors, ajouta-t-elle sombrement, il y a des temps et des temps. Bien avant la Légende. D'ailleurs, toute séparation nous est interdite. Sauf dans la mort.

— Les Shakres sont-ils donc retenus ici contre leur gré ?

La Refuse opina.

— Depuis des phases et des phases de temps immémoriaux, le dieu Olos fait peser son autorité sur nous grâce à ses armées de Vallahs. Un peuple imbécile et qui lui est entièrement soumis.

— Pourquoi lui sont-ils tellement soumis ?

Tara afficha une moue pleine de mépris.

— Les Vallahs sont des lâches. Ils ont peur de Gonka.

— Gonka ?

— Gonka, le singua géant.

— Je ne comprends rien à ce que tu racontes.

— Gonka est la créature du dieu Olos. Un monstre géant et hideux. Un être maléfique et invincible qui peut tout réduire en poussière d'une simple gifle. Pour punir les Vallahs récalcitrants, il suffit à Olos de leur envoyer Gonka. Le monstre descend alors des montagnes en dévastant tout sur son passage. Lors de sa dernière colère, toute une cité vallah a été rasée et la vallée où elle était édifiée fut couverte de morts. Gonka avait écrasé les hommes, les femmes et les enfants. Depuis, il leur suffit d'entendre le sol frémir sous les pas de Gonka pour que les Vallahs se mettent à trembler comme les ramures dans le souffle du ciel.

— Je ne saisis pas le rapport entre cette terreur et le sort de tes frères de race.

— Ce rapport est simple. Episodiquement, le dieu Olos réclame et fait enlever une ou plusieurs de nos vierges. On les appelle les

Elues. Elles disparaissent à tout jamais. Pourtant, nous ne sommes qu'un tout petit peuple dont les mercenaires vallahs équilibrent la démographie en massacrant systématiquement les nouveau-nés qui ne répondent pas aux critères.

Blade tiqua.

— Quels critères ?

— Tout Shakre de pure race doit impérativement posséder notre chevelure et nos yeux couleur d'aurore. Ceux qui ne remplissent pas ces conditions sont impitoyablement sacrifiés sur cet autel, précisa Tara en désignant la scène triangulaire édifiée au centre de la cité.

Elle marqua un temps, ajouta sombrement :

— Ce sont les Vallahs qui viennent opérer la sélection et qui, comme cette nuit, surveillent le bon déroulement des sacrifices.

Blade sourcilla de nouveau.

— Tu veux dire que cette nuit, les Vallahs vont tuer ceux de tes frères qui ne répondent pas à ces critères ?

— C'est ce que je dis, Richard Blade. Exception faite des Ranakés qui sont des êtres à part. Des sortes d'erreurs génétiques. Des forces de la nature dont l'esprit est demeuré embryonnaire, mais dont les qualités physiques sont étrangement appréciées par Gonka. Dans les temps anciens, les Vallahs en tuaient parfois pour s'amuser. Jusqu'à ce que Gonka se mette en colère et massacre toute une armée de

Vallahs. Depuis, leur dieu Olos interdit qu'on tue les Ranakés.

Blade garda le silence un instant, avant de demander :

— Et toi, dans tout ça, que fais-tu ?

— Je te l'ai dit. Je suis une Refuse.

— Ce qui signifie ?

— Cela veut évidemment dire que je me suis échappée. Je ne voulais pas être livrée à Olos. Je refusais d'être une Elue.

— Pourquoi Olos fait-il enlever ces vierges ?

— Selon ce qu'on a pu apprendre des aveux arrachés aux quelques Vallahs capturés par Ranaké, les Elues seraient destinées aux sacrifices rituels qui se déroulent au Kharm.

— Le Kharm ?

— Le siège de la puissance d'Olos. Une cité située quelque part dans les Montagnes Sacrées. Un endroit mystérieux auquel seul Gonka peut accéder.

Blade jeta un regard à la haute et lisse paroi du cratère.

— Comment as-tu réussi à t'évader d'ici ? questionna-t-il, incrédule.

— Grâce à une acrobatie.

— Une acrobatie ?

Acquiescement de Tara.

— J'ai eu l'idée de faire exécuter une sorte de figure acrobatique par toutes les Ranakés réunies. Grimpées les unes sur les autres, elles sont arrivées à me hisser avec Siri suffisamment haut pour que la plus haut perchée finisse par nous catapulter sur l'entablement final. Un exercice très risqué, mais j'avais choisi mon sort. J'étais désormais une Refuse. Plutôt mourir que me laisser sacrifier.

— Et ta Ranaké ?

— C'était elle la plus haut perchée. La seule qu'avec leur puissance extraordinaire ses camarades aient pu également catapulter vers le haut. Nous étions amies. Elle m'a suivi.

Blade considérait le décor d'un regard songeur. L'acrobatie en question tenait surtout de l'exploit impossible. Décidément, la belle Refuse avait du cran. Il hocha la tête.

— Bien joué, admit-il. Le Conseil des Refuses a dû t'accueillir avec fierté.

Un long silence ponctua la remarque de Blade. Un silence trop pesant pour ne pas l'intriguer. Après un long regard au fin profil de la jeune fille, il dit doucement :

— Ce Conseil des Refuses n'existe pas, n'est-ce pas ?

Nouveau silence. Un aveu muet qui émut le voyageur interdimensionnel. D'un geste très doux, il obligea la Refuse à lui faire face et il plongea son regard dans le sien pour demander dans un sourire grave :

— Tu dois te sentir bien seule ?

Il y eut un autre temps mort, puis, baissant ses yeux mauves pour cacher leur expression, la jeune Tara finit par hocher simplement la tête. Richard Blade en fit autant, demeura songeur un moment, laissant ses yeux parcourir le panorama qui s'étalait sous eux. Puis, adoptant un ton délibérément plus ferme, il déclara :

— D'accord, dit-il. Voilà ce que nous allons faire...

Il avait à peine achevé ce dernier mot qu'un grondement se fit soudain entendre derrière eux. Un grondement qui s'amplifia très vite, accompagné par une subite augmentation du courant.

— Par les Nuées Sacrées ! alerta la Refuse en tirant Blade par le bras. Vite ! Il faut...

Le reste de sa phrase demeura dans sa gorge. Plaquée contre Blade par une force démente, elle poussa un cri aigu et tandis que le voyageur interdimensionnel cherchait instinctivement une prise plus solide sur les rochers, il y eut autour d'eux comme un coup de tonnerre et le flot de la rivière gonfla d'un coup, les emportant inexorablement vers la chute vertigineuse.

— Richard Blade ! eut encore le temps de hurler Tara. Richard Blade !

Mais Richard Blade n'entendait plus.

Balayé, emporté comme fêtu de paille, il se sentit soulevé par une force prodigieuse et, juste avant de recevoir le ciel sur la tête comme une formidable explosion, il enregistra une douleur cuisante à son bras.

Les ongles de Tara.

Elle ne voulait pas mourir seule.

Blade était assommé, ballotté, retourné sans cesse. Il sentait craquer ses os sous la formidable masse de l'élément liquide et après un dernier choc dans le dos, il eut conscience d'avoir franchi la lèvre de roche qui l'avait jusqu'alors séparé du vide. Bizarrement, il n'eut pas peur. Simplement, en sentant toujours la jeune Refuse accrochée à lui, il éprouva de la peine. Après s'en être évadée avec courage, Tara retournait dans sa prison.

En entrant dans la mort.

Car bien sûr, il n'y avait pas d'illusions à se faire. Après une telle chute, ils allaient se fracasser sur les roches des cascades. Quarante mètres plus bas.

Une chute interminable.

Une mort qui n'en finissait pas d'arriver.

A travers le grondement infernal, Blade perçut un cri aigu, très bref, avant de sentir les ongles de la Refuse s'enfoncer un peu plus dans sa chair. Puis les ongles se relâchèrent. D'un coup. Blade se dit alors que, pour Tara, c'était terminé et qu'il allait en finir aussi lui-même dans une seconde. A une vitesse folle, les images entremêlées de son existence propre et de ses vies interdimensionnelles défilèrent sous ses paupières closes, il eut encore le temps d'avoir une pensée pour des noms très lointains comme ceux de Lord Leighton, de J ou de Loret, puis ce fut le choc final. A la fois terrible et presque doux.

Le grand choc de la mort.

Et il ne pensa plus.

CHAPITRE VIII

La douleur vint enfin, sourde et lancinante. Un peu comme lorsqu'on reçoit un coup à l'estomac et que, le souffle coupé, on sent ses entrailles paralysées et qu'un voile passe devant les yeux. Dans le maelström grondant du déluge liquide, le voyageur interdimensionnel reprenait peu à peu ses esprits et la certitude de sa propre mort s'estompait avec la souffrance. Puis d'un coup, la mémoire lui revint totalement et il ouvrit des yeux incrédules.

Pour les refermer aussitôt.

Il était dans l'eau. Complètement immergé, ballotté et asphyxié par cette masse liquide qui l'assommait. Pourtant, le temps d'un éclair, il avait eu la vision trouble d'une ombre flottant devant lui. D'instinct, il lança les mains en avant, ne trouva rien, rouvrit les yeux, fut aussitôt aveuglé par un bouillonnement infernal. Il les referma, envoya bras et jambes dans tous les sens, ne trouva rien d'autre que des tourbillons. Un déchaînement liquide qui semblait vouloir l'attirer vers de noires profondeurs. Encore sous le choc, mais étonné d'avoir survécu à une telle chute, il se débattit, cherchant à remonter vers cette surface qu'il ne distinguait pas. Il ignorait même dans quel sens cette dernière se trouvait. Il se débattit encore, sentit ses poumons près d'éclater, ouvrit instinctivement la bouche, fut étonné par la violence du bouillonnement, réalisa enfin qu'il devait se trouver exactement sous la chute d'eau. D'où son incapacité à remonter. Rassemblant ce qui lui restait de forces et s'obligeant au calme, il se mit à nager entre deux eaux, cherchant à situer à quel endroit le poids de la chute se faisait le moins sentir. Pendant ce temps, des douleurs violentes lui cisaillaient les poumons et il serrait les dents à les briser pour ne pas ouvrir de nouveau la bouche. Enfin, ayant trouvé un endroit où la pression de l'eau semblait moins forte, il se ramassa, détendit ses bras et ses jambes dans une puissante détente.

Ce fut l'échec.

Il recommença, échoua de nouveau, se dit qu'il allait mourir noyé et lança de nouveau les bras autour de lui. Ses doigts trouvèrent quelque chose, s'y agrippèrent, identifièrent aussitôt le contact.

De la chair.

Mais une chair inerte. Froide. Malgré ce constat, Richard Blade faillit crier de joie. Il avait retrouvé Tara. Une joie qui s'éteignit tout de suite. Car Tara était sans doute morte et il était également en train de mourir. Mais curieusement, cette certitude lui donna encore un sursaut d'énergie. Attrapant la jeune Refuse à bras-le-corps, il se mit à lutter, à lutter toujours plus contre le poids de cette eau qui allait devenir son linceul.

Et le miracle se produisit.

D'un coup, sa tête émergea, aussitôt giflée par une douche cinglante. Ouvrant une bouche démesurée à la recherche d'oxygène, Blade sentit enfin le sol sous ses pieds et il tira le corps de la Refuse hors de l'eau, cherchant dans la pénombre rouge criblée de gouttelettes lumineuses un endroit où déposer son précieux fardeau.

En vain.

Autour de lui, les rideaux scintillants des cascades grondantes empêchaient toute vision de l'environnement et dans le vacarme des chutes, on n'entendait plus qu'à peine les échos des cérémonies shakres. Heureusement, il y avait ce rocher sur lequel Blade venait de mettre le pied. A tâtons, il chercha son chemin, en trouva un autre à fleur d'eau, s'y aventura, serrant toujours contre lui le corps tendre mais terriblement froid de la jeune Refuse. Soudain, il dérapa, retomba à l'eau, se crut perdu, parvint à s'accrocher d'une main à une saillie rocheuse. Mais n'ayant pas lâché Tara, il eut du mal à regrimper sur les roches glissantes et ce fut par le caprice d'un pur miracle qu'il s'écroula enfin sur une sorte d'entablement à demi immergé où il put allonger la jeune Refuse. Pour lui maintenir le visage hors des bouillonnements de l'eau, il reposa sa tête à la saignée de son bras et s'aperçut alors qu'il saignait abondemment. Une blessure longue et mince qui sinuait sur son flanc, des côtes à la hanche. Peut-être grave, peut-être pas. La douleur ressentie était lancinante et la quantité de sang attestait d'une blessure profonde. Et dans tout ça, il avait perdu son pagne.

Tara aussi.

De son côté, hormis un énorme hématome à la tempe et quelques blessures superficielles un peu partout sur le corps, la Refuse semblait peu touchée. Elle pouvait aussi bien être morte, mais on aurait dit qu'elle dormait, tant son masque reflétait la sérénité.

Blade se pencha, essaya d'écouter son cœur, n'eut dans l'oreille que les échos sourds des cascades et il dut poser ses lèvres à la naissance de son cou pour sentir enfin les battements ténus d'une carotide.

Tara vivait !

Elle n'était qu'évanouie.

Aussi incroyable que cela parût, ils avaient tous les deux échappé à une mort quasi certaine. Après une chute de quarante mètres ou plus !

— Tara !

L'appel de Blade avait été instinctif. Un appel qu'il avait à peine entendu lui-même, tant le vacarme de la chute était assourdissant.

N'obtenant pas de réponse, il tira la jeune Refuse sur un autre entablement rocheux, parvint à l'allonger sur une longue pierre plate dont quelques clapots seulement venaient de temps à autre lécher la surface. Mais cela n'était qu'un pis-aller. L'eau des cascades tombait toujours sur eux et ils ne pourraient demeurer encore longtemps sous le froid de ces douches. D'autant que Tara semblait plus atteinte qu'il ne l'avait cru.

— Tara ?

Mais Tara ne répondait pas. Elle n'avait pas le moindre tressaillement et son évanouissement pouvait tout aussi bien être un coma profond. Alors, s'assurant qu'elle ne risquait pas de glisser, il décida de partir seul en reconnaissance. Mais à cet instant, le grondement des cascades fut soudain lui-même couvert par la puissance en montée du son des tam-tams. Comme un orage qui s'annonce de loin, leurs battements avaient peu à peu enflé, avant de faire vibrer l'air de leurs accents sourds et sinistres. Blade se redressa, chercha à se repérer et, tandis que les chants rythmés de la foule s'amplifiaient à leur tour, des cris aigus s'élevèrent, accompagnés de lamentations traînantes. Intrigué, le voyageur interdimensionnel franchit un premier rideau liquide, se retrouva sous une autre douche qui faillit lui briser la nuque, parvint à grimper sur un autre entablement et à traverser une énième cascade.

Et d'un coup, un flot de lumière et de fumée lui sauta à la face.

Une fumée lourde, chargée de senteurs opiacées et déroulant ses lourdes volutes vers le ciel. Un ciel que les centaines de torches gesticulantes allumaient à la manière d'un incendie. D'où il était à présent, Richard Blade pouvait mieux se rendre compte de la situation. Tombés en plein milieu d'un bassin naturel, Tara et lui n'avaient dû leur salut qu'à leur pénétration profonde dans une eau rendue plus légère par ses propres remous. Bien sûr, ils auraient tout aussi bien pu s'écraser sur les rochers, mais le destin en avait décidé autrement. Un destin que Richard Blade allait encore essayer de mettre dans son camp.

Ce qui serait très difficile.

Car entre deux bandes liquides retombant d'une roche supérieure, il voyait maintenant où il avait échoué.

En enfer.

Un enfer de feu, de larmes et de sang.

CHAPITRE IX

La vision que Blade avait à présent du décor n'était plus du tout la même. A plus de quarante mètres de hauteur, une foule de détails échappait au regard, mais en surplomb de seulement quelques mètres, cela changeait beaucoup de choses. Maintenant, le voyageur interdimensionnel pouvait tout voir de cette cité. Une ville folle, un patchwork de cases, petites et grandes, aux murs de terre et aux toits de palmes ou de branchages. Et puis la foule.

Une foule de femmes.

Rien que des femmes. Hurlantes, pleurantes et vociférantes, comme possédées à la fois par la colère et le désespoir. Une foule de femmes massées autour de la scène triangulaire située au milieu de la ville, surveillées non seulement par le cordon de Vallahs situé sur le chemin de ronde, mais également par des patrouilles circulant parmi elle. Toute une cité en proie à la démence. Car s'il voyait maintenant tout,

Richard Blade venait aussi de comprendre. Y compris l'horrible.

Car ce qu'il voyait était hideux.

Des enfants. On assassinait des enfants !

Des enfants sacrifiés sur la grande estrade triangulaire du centre de la cité. Des enfants portés par des femmes en pleurs elles-mêmes poussées sans ménagements par une foule en délire. Une foule gesticulante, aux corps nus entièrement peints, aux têtes emplumées, dont les chants tantôt lugubres et tantôt surexcités couvraient les lamentations des pleureuses et les cris des suppliciés. Des cris qui s'éteignaient très vite. Dès que la tête de l'enfant était posée sur la pierre sacrificielle, l'énorme masse d'acier brandie par son bourreau était abattue sur le petit crâne et...

Les massacres décrits par Tara, concernant les nouveau-nés shakres ne répondant pas aux fameux critères. Et en effet, ceux-là avaient tous des cheveux sombres.

De toutes ses aventures interdimensionnelles, Richard Blade n'avait jamais rien vu d'aussi insupportable. Glacé d'horreur et de dégoût, il émit un juron étouffé et, ne pouvant retenir une nausée, il se détourna un moment de l'horrible spectacle. Quand il regarda de nouveau, ses yeux étaient pleins de larmes. Mais cela lui suffit pour voir le sang ruisseler sur les pierres. Et le plus atroce était que cela risquait de durer longtemps. En effet, une longue file de femmes éplorées et portant d'autres enfants s'étirait loin dans la foule.

Epouvantable.

Un sentiment de rage décuplée par l'impuissance envahit Blade. Il ne pouvait rien faire. Même miraculeusement sauvé à la suite de sa chute, il était coincé. Avec en prime sur les bras, une jeune Refuse dans le coma.

Il était piégé.

***

Tagdul Gasi en avait assez d'avaler de la poussière. Appartenant depuis trop longtemps à la milice intérieure du Shakre, il aurait voulu retourner dans son village des plaines pour boire enfin autre chose que ce vak insipide qui constituait ici l'ordinaire de ses semblables. Un mauvais vak à base de grain qui ressemblait à de l'eau sale, qui sentait le pourri et qui donnait encore plus soif.

Au village des plaines, les femmes récoltaient le raz et le faisaient fermenter selon les recettes ancestrales. Cela donnait une boisson forte et délicieuse. Le varaz. Un breuvage enivrant d'une belle couleur pourpre qui faisait tout oublier. Y compris la hantise de toujours : celle de subir les imprévisibles foudres d'Olos et les dévastations de Gonka qui s'ensuivaient. Il n'y avait d'ailleurs pas que le varaz qui manquait. Tagdul Gasi en avait assez de violer ces femelles shakres trop maigres et trop inertes pour les voir enfanter de sinistres bâtards aux cheveux bleus. Des marmots qu'il fallait ensuite recenser et sacrifier afin que la race des Shakres demeure pure. Tout ceci ennuyait décidément beaucoup Tagdul Gasi. C'était une force de la nature. Un colosse qui avait presque toujours battu ses compagnons à la lutte. Côté femelles, il lui fallait du répondant. Il ne rêvait plus que de plantureuses et robustes femmes vallahs et ses fantasmes débridés devenaient de plus en plus insupportables. Alors, cette nuit, il n'avait plus envie que d'une chose : voir enfin ces derniers bâtards massacrés et pouvoir aller se coucher.

Mais il y avait cette saleté de poussière.

Tagdul Gasi avait décidément trop soif. Comme à son habitude, il avait vidé sa gourde de vak bien trop vite et depuis un moment, il louchait vers le grand bassin d'alimentation en eau de la Cité. Plusieurs fois déjà, il avait demandé à ses compagnons miliciens de le dépanner, mais chacun n'avait droit qu'à une gourde de vak pour la nuit et il n'avait essuyé que des refus. Alors, depuis un moment, résigné et bouillant de rage contenue, Tagdul Gasi songeait de plus en plus à aller remplir sa gourde au réservoir. Par cette chaleur et avec cette poussière, ce serait toujours mieux que rien. Surtout que l'abus de vak lui avait passablement empâté la langue et que les vapeurs de rab commençaient à lui embrumer l'esprit. Tagdul Gasi était un esprit fruste. Certes, il avait soif, mais il se serait fait décapiter plutôt que de se faire surprendre par ses semblables en train de boire de l'eau comme ces fragiles femelles shakres. Aucun guerrier vallah n'avait jamais fait ça. C'est pourquoi il avait longuement hésité. Mais maintenant, il n'y tenait plus. Il fallait qu'il boive.

— Je vais au retyreh, lança-t-il soudain à son chef de patrouille qui lui lança un regard plein de soupçons. Je reviens vite.

Parmi la milice permanente du Shakre, on connaissait Tagdul Gasi pour ses excès en tout et surtout en boisson. Le chef de patrouille, un colosse encore plus grand et plus fort que Gasi, un géant à la face de brute toute couturée d'anciennes blessures et aux petits yeux vicieux le prévint :

— Si je te surprends à cuver ton vak dans un coin, je t'arrache moi-même la tête.

Venant de tout autre, Tagdul Gasi aurait lavé l'affront dans un flot de sang. Dans la troupe vallah, c'était parfois ainsi qu'on remplaçait les chefs. Mais Galla était trop dangereux et Gasi pas assez saoul pour relever le défi. Il se contenta de protester :

— Non, je...

— Si je te surprends à voler du vak au quartier...

Galla connaissait l'ivrogne et le savait capable de tout.

— Non, non, chef Galla ! s'exclama Tagdul Gasi d'un air implorant. Je vais juste au retyreh !

L'autre le laissa enfin partir. Il y avait des fonctions naturelles impossibles à contenir. Aussitôt, le plus discrètement possible et se frayant un difficile passage dans la foule compacte, l'ivrogne traversa la grande place centrale, avant de s'engager dans le lacis de ruelles qui menaient au réservoir. En chemin, se souvenant de l'avertissement de son chef, il faillit renoncer à l'eau pour braver le sort en allant effectivement essayer de voler un peu de vak au quartier. En fait, il l'aurait sûrement fait si, parvenu au pied du grand réservoir, il n'avait par hasard remarqué un détail insolite. Un détail qui ressemblait... à du varaz !

Du varaz !

Du varaz bien rouge. Une couleur qui ne pouvait tromper un connaisseur comme Tagdul Gasi. L'esprit encore plus troublé, il songea que ce rouge n'était que le reflet de la lumière des torches, mais intrigué, il se pencha, glissa sa main dans le filet d'eau rougie, la porta instinctivement à sa bouche. D'abord déçu par le peu de goût du breuvage, il se dit encore que tout ceci était normal. Mélangé à l'eau, le varaz devenait fade. C'était bien connu. Mais pur...

Là-haut, caché derrière les cascades, un autre milicien plus malin que lui était en train de se régaler. Il avait dû voler son varaz sur la seule réserve disponible dans le Shakre ; celle des chefs. Et pour perdre ainsi autant de bon breuvage dans l'eau, cet imbécile devait être complètement saoul. Fou de rage et d'envie et oubliant toute prudence, Tagdul Gasi vérifia que personne ne s'intéressait à lui et, d'un bond, il se hissa sur les permiers rocs constituant la base du grand réservoir. Très vite, il fut invisible de la Cité et, glissant sur la roche mouillée, il s'infiltra peu à peu dans le labyrinthe détrempé. Bientôt, il fut trempé des pieds à la tête, mais le crâne protégé par son casque, il suivait toujours obstinément le filet d'eau rougie. Parfois trop enfoncé dans l'obscurité, il la perdait et devait souvent prendre le risque de se casser le cou pour la retrouver entre les roches. Enfin, il parvint au bord d'un grand bassin où un filet d'eau encore plus rouge lui dit qu'il touchait au but. Le voleur de varaz était juste derrière ce mince rideau liquide. Alors, l'esprit enfiévré par l'envie et la colère d'être moins malin que l'autre, l'ivrogne tira le grand sabre du fourreau accroché à sa ceinture et, plongeant sous la douche, il gronda :

— Sale chien de voleur ! Je te tiens !

Mais le temps d'un éclair, et tandis que la lourde lame s'abattait, il sentit son peu de raison basculer d'un coup.

Le voleur de varaz était complètement nu !

CHAPITRE X

La mort était là.

Le temps d'un éclair, le cerveau de Richard Blade avait saisi la situation. Mais il avait à peine entrevu la terrible lame que déjà elle fondait vers son crâne. Avec le grondement de la chute, il n'avait rien entendu venir et quand son regard enregistra l'éclair de l'acier, il était déjà trop tard.

Trop tard pour tout autre que lui.

Mais Richard Blade était un être à part, doté d'un esprit et d'un corps programmés pour réagir au millième de seconde. Aussi, à peine son regard avait-il capté l'éclair métallique que déjà son buste pivotait et que sa tête effectuait un mouvement de retrait. Dans la même parcelle de temps, sa main gauche avait déjà glissé contre le bras armé, détournant suffisemment celui-ci pour que la lame rate son objectif. Simultanément, sa main droite s'était abattue sur la nuque casquée du Vallah et avait violemment attirée cette dernière en avant. Si fort que malgré sa masse, l'adversaire emporté par son élan alla percuter le rocher du front. Choc qui resta inaudible dans le grondement des cascades. Mais le Vallah était décidément résistant. Poussant un grognement lui aussi inaudible, il recula d'un bond, arrachant son bras armé à la prise de Blade et brandissant de nouveau le terrible sabre.

Une force de la nature.

Malgré son front éclaté et le sang bleu qui mélangé à l'eau lui coulait maintenant sur les yeux, il semblait encore en pleine possession de ses moyens. Incrédule, Blade vit de nouveau arriver la lame, glissa sur le côté, dérapa, s'affala dans le bassin. Au-dessus de lui, l'acier percuta la roche en émettant cette fois un bruit sec qui résonna sous la cascade. Un éclat de pierre gicla jusqu'à Blade et à cet instant, il se félicita d'avoir glissé. La lame avait frappé exactement à l'endroit où sa tête s'était trouvée une seconde plus tôt.

— Où est le varaz que tu as volé ? éructa le Vallah en crachant un peu de sang. Où tu l'as caché ?

Blade n'y comprenait rien, mais il savait au moins une chose : s'il ne mettait pas tout de suite ce colosse hors d'état de nuire, il allait finir par se faire décapiter. Alors, profitant que l'autre relevait de nouveau son sabre, il plongea en avant, envoyant ses bras autour des jambes bottées du Vallah, le déséquilibrant comme dans un plaquage de rugby. L'autre poussa un barrissement furieux, voulut rétablir son équilibre défaillant. Sans doute y serait-il parvenu sans cette fichue gourde de varaz ingurgitée plus tôt. Mais cet ivrogne étrangement nu utilisait des méthodes de combat décidément bizarres. Se sentant partir en arrière, Tagdul Gasi poussa un cri de rage, voulut arracher une de ses jambes à l'étreinte, y parvint presque, mais échoua à la dernière seconde. Mais son sabre s'était déjà abattu. Blade en sentit le souffle sur sa joue, se dit qu'il avait encore eu de la chance et, dans un dernier effort, il acheva son mouvement.

— Sale chien ! cria le Vallah en s'abattant dans l'eau tout près de Blade. Tu vas crever quand même !

Il avait perdu son casque et ses longs cheveux bleus s'étaient déroulés sur ses épaules. Plaqués par l'eau, ils ressemblaient à ceux d'une femme sortant du bain. Mais il n'avait toujours pas lâché son sabre et, fou de rage, il éructa encore :

— Ton varaz, c'est moi qui le boirai ! Quand je t'aurai massacré !

La plaie de son front semblait sérieuse et le sang bleu coulait à flots. Pourtant, le Vallah n'avait pas l'air vraiment éprouvé. Tandis que le sabre s'élevait de nouveau, le voyageur interdimensionnel se demanda si tous les Vallahs étaient aussi coriaces que celui-là. Etat d'âme qu'il n'eut pas le loisir de prolonger. Dans un jaillissement d'écume, la lame heureusement déroutée par une nouvelle esquive de Blade s'enfonça dans l'eau. Dans un réflexe foudroyant, Blade plongea de nouveau, parvint à attraper le bras armé et à engager un blocage de l'épaule qui fit de nouveau hurler le Vallah. Mais l'autre était décidément trop fort. Dans un sursaut d'énergie, il arracha son bras à la prise, releva le sabre, l'abattit encore une fois.

Un ballet mortel qui s'éternisait.

Blade se sentait faiblir sous les assauts du colosse et sa blessure au flanc saignait de plus belle. Une douleur aiguë lui traversa la poitrine et il cria à son tour en esquivant encore une attaque dévastatrice. A deux reprises, il parvint encore à s'emparer du bras armé, crut venir à bout de son assaillant en le frappant en pleine face. Son dernier coup, violemment asséné du coude en plein nez fit éclater ce dernier et le sang bleu se mit à bouillonner plus fort. Mais contrairement au résultat escompté, le colosse parut galvanisé par la douleur. Poussant un véritable barrissement, il s'arracha à la prise de Blade et frappa lui aussi. Du pommeau de sa garde de sabre. En plein plexus de Blade. Sous la violence du choc, ce dernier crut que son cœur explosait et un voile rouge masqua subitement sa vue. Il éprouva une nausée, dut faire un effort considérable pour ne pas perdre conscience et comme récompense, il reçut un nouveau coup. Heureusement, le pommeau glissa sur son épaule mouillée et le Vallah déséquilibré bascula par-dessus sa victime.

Plongeon qui changea une nouvelle fois le cours de la bataille, car Blade en profita pour se plaquer à son dos et l'obliger à couler. D'un bras il lui fit une clé au cou, de l'autre, il chercha à immobiliser le sabre qui moulinait dangereusement près de sa tête. Un instant, il sentit la résistance du Vallah s'effondrer sous lui et il comprit que sa victoire se profilait enfin.

L'autre était en train de se noyer.

Le voyageur interdimensionnel détestait ces combats à mort. Il était persuadé que dans la plupart des cas la mort d'un adversaire ne résout pas le vrai problème. Mais l'urgence de la situation et la folie meurtrière de l'autre ne lui laissaient pas le choix.

Il devait tuer pour ne pas l'être.

Mais soudain, alors que Blade croyait en avoir fini, le Vallah se redressa violemment hors de l'eau, brandissant de nouveau son sabre et, les yeux exorbités et la face ruisselante de sang bleu et d'eau, il hurla :

— Crève, sale voleur de varaz !

Puis il abattit son sabre.

Le voyageur interdimensionnel bien sûr comprit. Ayant déjà anticipé l'attaque, il avait une nouvelle fois glissé de côté. Son poing droit se détendit vers la face grimaçante, mais à l'instant où le choc allait se produire le Vallah trébucha et glissa à son tour. Résultat, au lieu du visage adverse, le poing de Blade cogna dans le poitrail bardé de cuir et d'acier. Une douleur fulgurante cisailla les phalanges de Blade et il grogna de douleur, tandis que son autre poing déjà parti écrasait cette fois la bouche du Vallah.

Cette fois, le colosse recula sous la puissance de l'attaque, parut surpris et ses petits yeux injectés de sang bleu parurent lancer des éclairs. Au même moment, sa lame de sabre s'abattait et par un miracle insensé, Blade parvint à esquiver ce nouveau coup.

En reculant de plusieurs pas.

Ce qui ne signait pas son salut pour autant. Car à l'instant précis où l'acier fulgurait tout près de sa tête, son regard avait accroché un éclair.

Un poignard !

Dans l'autre pogne gantée du Vallah, une deuxième lame venait de jaillir. A l'arrivée du colosse, en même temps qu'il avait vu la lame du sabre fondre sur lui, Blade avait également aperçu le fourreau de l'arme à sa ceinture. Par la suite, il avait à plusieurs reprises espéré pouvoir s'en saisir, mais toutes ses tentatives s'étaient révélées infructueuses. Maintenant, à l'issue de cet énième assaut du Vallah et tandis qu'il reculait toujours et que l'hémorragie de son flanc commençait à l'épuiser, il se dit qu'il n'avait plus guère le choix. Fort de sa puissance physique supérieure et de ses deux armes, le Vallah finirait par le tuer. Alors, tentant le tout pour le tout et dans un périlleux saut arrière, il fit la seule chose raisonnable en la circonstance.

Il battit en retraite.

Du moins apparemment. Car depuis un moment, il avait peu à peu reculé vers le rideau liquide de la plus large cascade. Insensiblement, sentant que la ruse serait sa seule chance de l'emporter sur la force, il avait préparé son coup, obligeant l'autre à le pousser inconsciemment dans cette direction. Comme par enchantement, il parut littéralement absorbé par l'élément grondant et soudain décontenancé, Tagdul Gasi se retrouva tout bête, brandissant ses deux armes dérisoires contre un voile d'eau bouillonnante.

Ce fut pour le Vallah comme une révélation. Dans son esprit encore embrumé par l'alcool, un rideau parut se déchirer et soudain dégrisé, il comprit la manœuvre de l'adversaire. Une seconde, il fut tenté d'alerter la garde de la Cité, mais le vacarme des chutes et les échos des sacrifices étouffaient tous les autres sons. D'autre part, une victoire seul à seul contre un ennemi de cette valeur ne lui déplaisait pas. Galla serait fier de lui et peut-être obtiendrait-il ainsi un poste de commandement sans avoir à combattre son gigantesque chef. Alors, n'écoutant que son courage et son désir de victoire, il plongea à son tour sous l'avalanche liquide.

Et tout de suite, il vit son adversaire. Ou plutôt, il l'aperçut. Enfin, juste son pied. Le temps d'une milliseconde. Là, juste à portée de sabre.

Il avait triomphé !

CHAPITRE XI

Le cœur de la vieille Pabanranih-Pahal saignait beaucoup. Il y avait des temps de cela, elle avait vu mourir sa chère fille Santaranah, puis elle avait assisté à la fuite sans retour de sa très chère petite Satarakabani. Une absence qui la faisait pleurer à chaque coucher des Astres et qui semblait l'approcher plus vite de sa propre mort. Et cette nuit, tandis que la Cité entière dansait aux préparatifs des Sacrifices et sombrait peu à peu dans le trouble de l'esprit, la vieille Pabanranih refusait de quitter sa case pour se joindre à la foule. Elle avait même refusé la pipe de rab que les enfants de Labarashi lui avaient apportée.

Quand le cœur de Pabanranih saignait, elle n'avait pas envie d'oublier dans la fumée. Elle avait seulement envie de mourir. Malheureusement, les Rites n'avaient jamais prévu le sacrifice d'une Ancienne et depuis le départ de Satarakabani, la vieille Pabanranih se contentait d'attendre cette mort qui ne se décidait pas à venir. Alors, allongée sur l'unique natte de sa case et un bol de také fumant posé près d'elle, l'aïeule Pabanranih écoutait les échos des tambours sans les entendre vraiment. Elle songeait à tout ce sang versé et à la malédiction qui s'acharnait depuis toujours sur le peuple shakre. Elle avait honte pour ses fils à jamais inaccessibles et tandis que son cœur saignait, elle espérait comme chaque nuit que le dieu Kara l'emporte enfin dans les profondeurs ouatées des Nuées Sacrées.

Mais le dieu Kara ne venait toujours pas et l'Ancienne se laissa enliser dans cette espèce de torpeur douloureuse qui était son lot depuis des temps et des temps.

Depuis le départ de Satarakabani.

— Nati ! Nati Pabanranih !

Ça n'avait été qu'un souffle sur le fond sonore des tambours et des chants funèbres, mais dans son état de demi-sommeil, l'Ancienne avait perçu cela comme un appel tonitruant. Quelque chose qui ressemblait à un commandement émanant en droite ligne des Nuées Célestes. Comme une pulsion de sa propre chair.

— Nati !

C'était ça ! On l'appelait Nati ! On lui donnait son titre parental avant son nom et cela... mais non. C'était une voix d'homme. Une voix grave. Pas celle de sa petite Satarakabani.

— Nati Pabanranih !

D'ailleurs, comment un tel miracle aurait-il pu se produire ? Sa chère Satarakabani était loin. Trop loin. Peut-être même les Vallahs l'avaient-ils déjà capturée ou tuée. Non, décidément, Nati Pabanranih se faisait des idées. La vieillesse était source de tous les maux, y compris ceux de l'esprit.

— Nati Pabanranih !

Jusqu'alors plongée dans les limbes de sa torpeur, l'Ancienne n'avait pas ouvert ses yeux trop las. Mais quand elle le fit enfin, ce fut pour constater qu'elle ne voyait rien. La chandelle s'était éteinte et le rideau qui fermait l'entrée de sa case était trop opaque pour laisser filtrer la lumière rouge du dehors. Incrédule, la vieille Shakra se redressa sur sa natte, sentit instantanément une présence non loin d'elle, mais n'éprouva pourtant aucune crainte. Quand on souhaite mourir, on n'a plus peur de rien. Instinctivement, sa main avait trouvé le petit paquet de bûchettes posé près du verre de také et elle en frotta une sur la pierre prévue à cet effet. Aussitôt, une flamme rouge transperça la nuit de la case et l'Ancienne l'éleva, cherchant dans l'ombre à deviner l'intrus.

Et quand elle le vit, elle eut très peur.

Pas pour elle, mais pour sa chère petite Satarakabani. Car le colosse dressé dans l'entrée de la case était un guerrier vallah. Un guerrier forcément venu lui annoncer la mauvaise nouvelle.

Ils avaient capturé ou tué sa chère petite Satarakabani !

— Que veux-tu, chien de Vallah ? lança-t-elle pleine de défi. Que viens-tu voler chez la vieille Pabanranih-Pahal ?

Elle était sans doute la seule femme du Shakre à ainsi défier les Vallahs. Pour elle, c'était un peu comme si elle aidait sa chère petite Satarakabani dans sa guerre à l'extérieur. Une forme de résistance qui laissait les autres femmes de la Cité indifférentes et qui déclenchait l'hilarité dans les rangs vallahs. Tout le monde se moquait d'elle.

Sauf peut-être cette pauvre folle de Labarashi dont les filles lui rendaient parfois visite pour lui apporter du rab. Mais Labarashi était trop folle pour s'intéresser à quiconque. Prisonnière de sa démence, depuis que ses deux aînées avaient été surprises à vouloir s'enfuir aussi et qu'elles avaient été tuées par les Vallahs.

— Que veux-tu, sale Vallah !

La vieille Pabanranih avait glapi d'une voix aiguë, dardant sur le grand Vallah bardé de cuir et d'acier un regard luisant de colère. Mais comme d'habitude, ses vociférations amusèrent celui-ci aussi. Différemment, toutefois. Car au lieu d'éclater d'un grand rire insultant comme ses semblables le faisaient couramment, celui-là se contenta de sourire et de lui lancer d'une voix contenue :

— Parle plus bas, vieille femme. Es-tu bien Pabanranih-Pahal ?

Intriguée, l'Ancienne hocha la tête aux maigres cheveux mauve pâle.

— Bien sûr que je suis Pabanranih-Pahal. Tout le monde me connaît, ici. On voit bien que tu es nouveau ! Tes sales semblables me…

— Tu es donc bien la Nati de Satarakabani ?

De saisissement, l'aïeule en resta la bouche ouverte. Puis d'un coup, le désespoir se lut dans ses prunelles au rose délavé.

— Bande de rats puants ! cria-t-elle en se redressant, toutes griffes dehors. Qu'avez-vous fait à ma Satarakabani !

— Chut ! fit le Vallah en mettant son doigt devant sa bouche. Ne crie pas ! Je suis un ami.

— Un ami !

Les Pahal n'avaient jamais compté de Vallah parmi leurs relations.

— Je suis un ami de Tara, fit le guerrier en s'approchant de la vieille femme. Il faut que…

— Je ne connais pas de Tara, renvoya l'Ancienne en enflammant le bec d'une antique lampe à huile. Et Tara n'est pas un vrai nom.

— Je veux dire Satarakabani. Je… Mon nom est Blade. Richard Blade. Et je…

— Je ne connais pas non plus de… ce nom que tu dis porter n'est d'ailleurs pas un nom.

— C'est le mien, renvoya Blade. Mais la question n'est pas là. Je suis vraiment un ami de la fille de ta propre fille.

Cette fois, l'Ancienne en demeura pantoise. Malgré sa face de guerrier avec ces traces de coups, malgré ses longs cheveux bleus et son uniforme de garde étrangement mouillé et un peu trop vaste pour lui, ce grand Vallah avait quelque chose de différent des autres. Surtout dans le regard. Moins dur. Moins bête aussi. Très intelligent, même.

Pas un regard de tueur.

Mais au fond de la vieille femme, l'inquiétude persistait. Pourquoi ce Vallah venait-il lui parler de sa chère Satarakabani ?

— Que veux-tu ? questionna-t-elle encore.

L'intrus lui sourit. Dehors, les cris des suppliciées continuaient à monter vers les Nuées Sacrées et ce Vallah lui souriait. Pabanranih-Pahal n'y comprenait rien.

— Mon nom est Blade, répéta le Vallah apparemment intelligent. Je viens de très loin et si je suis devant toi, c'est sur les indications de ta petite-fille Tara. Je veux dire, Satarakabani.

— Tu la connais donc ?

Le visage couturé de rides de l'Ancienne s'était soudainement illuminé. Mais l'inquiétude la reprit et elle sourcilla, de nouveau défiante :

— Que lui as-tu fait ?

— Je ne lui ai rien fait. Je... Ecoute, résuma Richard Blade en faisant encore un pas vers la vieille femme, je suis un ami de Tara et...

— Pourquoi l'appelles-tu ainsi ? Son nom est Satarakabani !

Blade éleva une main apaisante.

— Je le sais. Elle m'a tout raconté. Elle m'a dit la terrible histoire de votre peuple et elle m'a parlé de son évasion en compagnie de Ranaké et de Siri.

— Tous les Vallahs connaissent l'histoire de mon peuple et aussi celle de ma chère Satarakabani, gronda l'Ancienne. Tous savent quel courage elle a montré lors de son évasion. J'ai d'ailleurs entendu dire certains de tes semblables qu'avec sa Ranaké et la jeune Siri, elle vous faisait la guerre, ajouta-t-elle fièrement. On prétend qu'elle aurait déjà tué beaucoup de Vallahs.

— Elle m'a dit cela aussi. C'est du reste au cours d'une de ses embuscades que nous nous sommes connus.

La vieille secoua la tête.

— Je n'y comprends rien, protesta-t-elle, véhémente. Elle t'aurait tendu une embuscade sans te tuer ?

— Elle a bien essayé de le faire, rectifia Blade dans un sourire, mais par bonheur je suis toujours vivant.

— C'est bien dommage. Et maintenant, tu viens me tuer pour te venger d'elle.

— Pas précisément, corrigea encore Blade. Je suis venu te dire que Tara... enfin, Satarakabani est ici.

— Ici !

Le sursaut de l'Ancienne faillit lui faire renverser sa lampe à huile.

— Tu as dit que Satara...

— Elle est ici, coupa Blade. Avec moi.

— Tu mens !

Les yeux de la vieille lançaient de nouveau des éclairs de colère. Ce fut d'une voix sifflante qu'elle reprit :

— Les Vallahs ne font pas de prisonniers. Ils tuent ceux qui veulent fuir. Si tu avais retrouvé ma Satarakabani et qu'elle n'ait pas réussi à te tuer, c'est toi qui l'aurais fait.

Pour Blade, le moment était venu de se montrer persuasif. Otant le casque du Vallah tué un moment plus tôt, il fit tomber les longs cheveux bleus qu'il avait coupés à ce dernier pour s'en accoutrer. A la vue de ses vrais cheveux, l'Ancienne recula, comme terrorisée. Puis d'une voix blanche, elle se hasarda :

— Ainsi, tu dirais vrai ?

— En douterais-tu encore ?

Pabanranih recula encore, jusqu'à ce que son dos heurte le mur en terre de la case.

— Par les Nuées Sacrées ! gémit-elle. Par les Nuées sacrées !

Il fallait profiter de la brèche dans l'esprit de la vieille femme. Restant volontairement vague sur ses origines, le voyageur interdimensionnel finit par relater à la vieille ce qui s'était passé depuis sa rencontre avec Tara, y compris la manière dont il s'était débarrassé du Vallah. La ruse de la cascade, le coup de pied bas décisif et l'obligation d'achever l'adversaire pour conserver le secret. Quand il eut terminé, l'Ancienne parut soudain s'éveiller d'un songe pesant pour s'exclamer :

— Tu veux dire que ma Satarakabani serait

blessée et que tu l'aurais laissée sous les Sources de la Vie ?

— C'est ce que je dis. Elle était toujours inconsciente quand je l'ai quittée.

— Mais il ne faut pas la laisser là-bas !

— Elle ne risque rien, la rassura Blade. Je l'ai dissimulée dans une cache rocheuse. Je ne pouvais pas faire plus. La transporter jusqu'ici eût été dangereux. Surpris par les Vallahs, je n'aurais eu aucune chance de la sauver.

Cette fois, la vieille femme demeura un long moment muette, avant de lâcher enfin du bout des lèvres :

— Ce que tu dis est bien étrange. Aussi insolite que ce nom de... Richard Blade que tu portes. Ici, personne n'a même jamais rien entendu d'aussi étrange.

— C'est la vérité, insista Blade. Tu dois me croire.

— Et ma chère Satarakabani ! Que va-t-il advenir d'elle ? Les sacrifices vont durer jusqu'au réveil des astres. Si elle n'est pas secourue d'ici là, elle mourra !

— C'est pourquoi j'ai pris le risque de venir jusqu'ici. Traverser cette foule avec une blessée sans se faire repérer est impossible. J'ai besoin d'aide. Et de quelques accessoires.

— Des accessoires ! Que veux-tu dire ?

Blade éluda.

— Connais-tu une personne ou deux en qui tu puisses avoir une absolue confiance ?

— Non.

C'était net.

— Vraiment personne ? insista Blade.

L'Ancêtre fit encore non de la tête, avant de s'écrier :

— Les filles !

— Les filles ?

La vieille eut un geste agacé. Elle songeait à sa chère petite Satarakabani qui risquait de mourir.

— Quelles filles ?

Nouveau geste irrité de Pabanranih.

— Celles de cette pauvre Labarashi.

— Qui est Labarashi ?

— Labarashi-Sahil. L'héritière de la Lignée.

— Que veux-tu dire ?

— Autrefois, expliqua brièvement Pabanranih, avant que les Vallahs d'Olos n'annexent notre peuple, celui-ci était gouverné par une famille régnante de Sages. Dans la nuit de ces Temps, cette lignée de Sages portait le nom de Sahil.

— Cette Labarashi serait donc l'héritière du pouvoir et de l'autorité de ces aïeux ?

— Elle devrait également être l'Héritière des Secrets de la Légende, précisa la vieille. Hélas, son esprit de Pensée est parti avec ses deux aînées lorsque ces dernières ont été massacrées par les Vallahs. Depuis, elle s'est retirée au fond d'une case que ses trois dernières filles ont murée sur sa demande. Une retraite jamais violée jusqu'à ce jour. Pas même par les Vallahs. Ils n'ont d'ailleurs jamais essayé. Bien que brutes sanguinaires, on les soupçonne d'avoir peur de Labarashi et des Pouvoirs de sa caste. Leur chef leur interdit l'accès de leur demeure. Il dit que des Esprits de la Mort y sont enfermés et qu'ils y gardent les Pouvoirs.

— De vrais pouvoirs ? questionna Blade intéressé.

Mine sceptique de la vieille femme.

— Personne ne peut le savoir. Même avant la fuite de son Esprit, Labarashi n'en avait jamais fait la démonstration. Selon ses affirmations de l'époque, tout Pouvoir serait interdit au Sage qui ne gouverne pas.

Blade acquiesça. Il commençait à se faire une idée plus précise du monde fou dans lequel il avait échoué. Mais le temps pressait et il n'osait pas imaginer ce qui se passerait si la jeune Refuse était découverte aux cascades.

— Ecoute, proposa-t-il, j'ai peut-être une idée. Va me chercher l'aînée des filles de cette... Labarashi. Je lui expliquerai ce que j'attends d'elle et de ses sœurs.

CHAPITRE XII

— Tu es un sale chien de Vallah !

On ne pouvait dire que l'entretien commençait sous les meilleurs auspices. Dès l'entrée de la jeune femme dans la case de l'Ancienne, la tension était montée de plusieurs crans. Contrairement à toute cette foule de femmes peinturlurées et quasi nues vues plus tôt par Blade, la nouvelle venue portait un pagne en peau noire et ses seins ronds se dissimulaient sous un bandeau de même peau noué dans le dos. Elle possédait de fines cuisses fuselées et sa croupe hardiment cambrée incitait à la caresse. Hélas, Richard Blade avait d'autres soucis. Les courts cheveux roses de la Shakre étaient coiffés à la diable et seule une longue natte avait été épargnée dans sa nuque. Aucune peinture ne recouvrait sa carnation laiteuse et son regard rose-mauve était dur et accusateur. Blade tenta encore :

— Je ne suis pas un Vallah. Mon nom est

Blade. Richard Blade. Richard Blade. Et je viens de très loin pour...

— Tu es un sale chien de Vallah ! coupa la Shakre d'une voix sèche. Ce nom issu de ton imaginaire n'est pas un vrai nom. Tu n'es qu'un sale chien de Vallah et tu es envoyé par tes chefs pour me faire parler.

Debout face à Blade et malgré cette petite taille qui semblait caractériser toutes les femmes shakres, elle le défiait sans aucune crainte apparente. Un air de grande fierté illuminait son mince visage triangulaire et l'autorité qu'elle dégageait la classait indubitablement dans la catégorie des chefs. Mais il en fallait davantage pour impressionner le voyageur interdimensionnel. Rivant son regard au sien, il questionna :

— Tu es bien la fille aînée de Labarashi ?

— Qui veux-tu que je sois ? Tu as demandé à l'Ancienne d'aller me chercher, me voici. Je n'ai jamais eu peur des Vallahs.

— Cela se voit, assura Blade. Mais tu as encore moins de raisons d'avoir peur, je ne suis pas un Vallah.

— C'est impossible.

C'était net.

— Pourquoi serait-ce impossible ? questionna Blade.

— Parce que notre monde ne comprend que deux races distinctes. Celle des Shakres et celle des Vallahs.

Elle le toisa de bas en haut, ajouta :

— Comme tu n'as rien d'un Shakre, tu es forcément un Vallah. D'ailleurs, tu en possèdes toutes les caractéristiques. Outre cet uniforme, ta taille et ta corpulence sont celles des Vallahs.

Blade désigna les longues mèches de cheveux bleus répandus au sol avec le casque.

— Et ceci ?

— Ceci est une ruse vallah, réfuta la jeune femme. On t'a coupé les cheveux et teint ce qui te restait. Tu as été envoyé pour me faire croire à je ne sais quelle fable et pour espionner les filles de Labarashi. La vérité est que tes chefs craignent une révolte et qu'ils souhaitent en connaître les instigatrices. Mais si tu penses que...

Mais Blade n'entendait plus vraiment. Pris par l'action, il avait trop longtemps ignoré la blessure de son flanc et celle-ci se rappelait subitement à lui. Une douleur cuisante venait de lui déchirer le flanc et le souffle lui manqua pendant quelques secondes. Autant d'ennuis immédiatement après une translation n'étaient pas très recommandés. Instinctivement, il glissa la main sous son uniforme, s'excusant d'une grimace qui voulait être un sourire.

— Désolé, dit-il, ce Vallah ma blessé et...

— Qu'est-ce donc que cela !

« Cela », c'était du sang. Blade avait ressorti sa main largement rougie de sous l'uniforme et les deux femmes la regardaient sans comprendre.

— C'est du sang, commenta Blade. Mon sang.

— Veux-tu dire que cette chose couleur de feu serait… ton Essence de Vie ?

Blade acquiesça :

— Je le crains. Mais comme tu le vois, précisa-t-il en songeant qu'il aurait pu penser à ce détail plus tôt, mon Essence de vie n'est pas de la même couleur que celle des Vallahs.

— Ni même des Shakres ! s'exclama l'aînée de Labarashi.

Elle marqua un temps, considérant Blade et sa main rougie avec un mélange de saisissement et d'incrédulité.

— Mais alors… commença-t-elle, ce qu'a rapporté l'Ancêtre serait donc vrai ?

— Je me tue à l'expliquer.

— Et… et tu sembles très blessé !

Blade s'offrit le luxe de l'ironie :

— Relativement très.

— Par les Nuées Sacrées ! souffla l'aînée de Labarashi. Ainsi, tu serais vraiment venu d'ailleurs !

— Aussi vrai que je suis là maintenant.

— Mais…

— Mais avant toute chose, coupa Blade, il faudrait plutôt s'occuper de Satarakabani.

Dépassée, la jeune femme acquiesça :

— Par les Nuées Sacrées ! Où est-elle exactement ?

Blade le lui expliqua en précisant :

— Il faudrait trouver quelque chose pour la transporter discrètement.

Reprenant subitement ses esprits, l'aînée de Labarashi apostropha l'Ancêtre :

— Va vite chercher mes sœurs. Demande-leur de se précipiter là-bas avec la Ranaké. Qu'elles emportent la grande panière avec quelques linges dedans. On cachera Satarakabani dessous.

La vieille secoua la tête.

— Ce n'est pas une bonne idée, Riaalata. Cela pourrait intriguer les gardes vallahs. S'ils découvrent Satarakabani, ils...

— C'est vrai, renchérit Blade. Il vaut mieux emporter là-bas de vos peintures de rites et lui en couvrir le visage. Elle aura plus de chances de passer inaperçue. Même si elle est toujours inconsciente. Il n'y aura qu'à dire qu'elle est malade.

— Tu as raison, convint la nommée Riaalata. Ton Esprit est vif et riche d'imaginaire.

Puis à l'Ancêtre, elle proposa :

— Dis à mes sœurs de prévenir la Medike et de ramener ta chère Satarakabani ici pour la panser.

La vieille Pabanranih disparue, Riaalata considéra Blade un long moment, puis, se décidant à s'installer en tailleur sur la natte, elle invita :

— Ainsi, tu dis porter le nom de Richard... Blade.

— C'est mon nom.

— Et tu prétends venir... d'ailleurs ?

— Je l'affirme.

La Shakre le considérait maintenant d'un tout autre regard. Moins hostile, mais toujours méfiante, elle ne croyait visiblement guère à ce qu'il disait. Pourtant, il y avait ce sang couleur de feu. Quelque chose qu'elle n'avait jamais vu. Dont elle n'avait même jamais entendu parler.

— Et selon toi, demanda-t-elle encore, d'où viendrais-tu ?

— De très loin, résuma Blade. De très loin dans l'espace et le temps.

La jeune femme tiqua :

— Par quel moyen vient-on d'un monde situé dans l'espace et le temps ?

A voir son expression, elle ne croyait rien de tout cela. Le voyageur interdimensionnel ne pouvait pas lu en vouloir. Il insista calmement :

— Je viens d'un royaume appelé l'Angleterre, où la science a mis au point un procédé capable de faire voyager l'homme dans l'espace et dans le temps. Cela s'appelle la translation.

Cette fois, Riaalata lui lança un regard aigu. Intrigué aussi.

— Comment connais-tu ce mot, Richard Blade ?

— Translation ?

Elle fit oui de la tête et il expliqua :

— Ce mot désigne le processus qui permet le voyage interdimensionnel.

— Interdimensionnel ! Tu connais aussi ce mot-là !

— Je vois que tu les connais aussi, ces mots.

— Non, non ! Je... ce ne sont que des bribes de mémoire dans mon Esprit, fit-elle, troublée. J'ai... je crois les avoir entendus prononcer par Labarashi ma vénérée mère. Et aussi par ma très vénérée Nati Labarasahita. Mais il y a bien longtemps. Je n'étais alors qu'une très jeune enfant.

Malgré les souffrances de plus en plus fortes occasionnées par sa blessure au flanc, Blade s'enthousiasma :

— Ta mère Labarashi connaîtrait donc ces mots ?

Le beau regard rose de Riaalata se ternit et elle baissa tristement la tête.

— Labarashi ma chère mère a prononcé autrefois ces mots, corrigea-t-elle. Mais depuis, son Esprit est parti rejoindre mes sœurs et maintenant, elle ne prononce plus jamais une parole.

Blade insista :

— L'Ancêtre m'a parlé de sa retraite, dit-il en hochant la tête.

Puis se penchant en avant, il accrocha de nouveau le regard de la jeune femme pour déclarer, persuasif :

— Je dois parler à Labarashi ta mère, Riaalata. Même recluse, même si son esprit semble l'avoir abandonnée, elle reste votre Sage. Il faut absolument que je lui parle.

— Impossible.

La voix de la Shakre avait résonné sèchement. Et tandis que dehors les tambours et les chants lugubres montaient dans la nuit rouge, elle fixa Blade d'un regard nouveau. Froid comme la glace.

— Impossible, répéta-t-elle plus durement encore. Elle ne parlera plus jamais à aucun être humain. Elle en a fait le vœu voici des Temps déjà et rien ni personne ne changeront cela.

— Pourquoi ?

— Parce que selon la Loi Sacrée, ni aucun sage, ni aucune Sage ne parlera plus, tant que notre peuple sera prisonnier.

— D'accord, concéda Blade. Je respecterai son vœu. C'est moi qui parlerai. Elle m'écoutera seulement. Elle...

— Non.

Au regard que Riaalata fit peser sur lui à cet instant, Blade comprit qu'il était inutile d'insister. Pourtant, il avait le pressentiment de n'être pas venu ici par hasard et que la solution des problèmes de la communauté shakra ne pouvait passer que par un contact entre lui et cette Sage inaccessible. Il en était si persuadé que dans un élan, il s'empara des mains de Riaalata, comme pour lui insuffler sa conviction. D'abord, la jeune femme eut un mouvement de recul et voulut fuir cette étreinte, mais un étrange phénomène se produisit en elle qui l'en empêcha.

— Riaalata, insista encore Blade en se penchant vers elle au point qu'il pouvait inspirer son léger parfum musqué. Riaalata, je te demande d'aller trouver Labarashi ta mère et de lui demander audience pour moi. Juste une audience. Si elle refuse de répondre quand j'aurai parlé, je me retirerai.

Il marqua un temps, assura, pressant :

— Il faut me croire !

Cette fois, ce fut au tour de l'aînée de Labarashi de marquer un silence. Enfin, après un long regard scrutateur qui semblait sonder l'âme de Blade, elle répondit enfin...

— Je vais essayer, Richard Blade. Je vais essayer, mais je ne crois pas...

A cet instant, le lourd rideau qui occultait l'entrée de la case s'ouvrit à la volée et deux ombres firent irruption. Deux silhouettes gigantesques, casquées, bardées de cuir et d'acier.

Des Vallahs.

Deux Vallahs qui plongèrent aussitôt sur Riaalata pour la clouer au sol, tandis qu'un troisième, immense et imposant, surgissait dans la case à son tour, en vociférant :

— Le retyreh, hein, Tagdul ! Tu appelles ça le retyreh !

Riaalata cria... et un immense pied botté percuta Blade en pleine poitrine.

Comme un boulet de canon.

CHAPITRE XIII

Ce fut un véritable supplice. Bouche ouverte, Richard Blade cherchait en vain le moindre filet d'air qui lui eût permis de survivre. Hélas, il semblait que tout en lui fut écrasé et qu'il était déjà mort. Jamais de toute sa vie d'aventure il n'avait eu autant mal et il se demandait comment il n'avait pas été tué sur le coup. Au-dessus de lui et tandis qu'il se recroquevillait au sol, la voix forte de son assaillant résonnait, déformée par le bourdonnement intense qui remplissait sa tête.

— Espèce de larve ! grondait le colosse. Le retyreh, hein ! Je t'ai aperçu de loin quand tu es revenu de la Source jusqu'ici.

Il ricana, grinça :

— Le retyreh, hein ! Tu voulais juste t'offrir le ventre de cette Shakre !

Malgré les larmes qui embuaient sa vue, Blade devina le départ du deuxième coup de pied. Malgré la douleur intense, il se dit qu'il devait réagir. Qu'il devait bouger, se défendre.

Mais il y avait toujours cette explosion dans sa poitrine. Un déferlement affreux qui n'en finissait pas. Et il restait là, bouche ouverte, cherchant en vain cette énergie qui lui aurait permis de parer cette nouvelle attaque. Ne fût-ce qu'en roulant simplement de côté.

— Tiens ! Prends encore celui-là !

Cette fois, le pied botté atteignit Blade dans le flanc. L'autre. Celui qui n'était pas blessé. Pourtant, ce fut de nouveau une effroyable explosion de douleur qui le fit gronder intérieurement. Fou de souffrance, il ne comprenait pas comment il avait même pu recevoir le premier coup. Le colosse était certes très fort, mais ses mouvements manquaient de rapidité et en d'autres occasions, le voyageur interdimensionnel avait esquivé des gnons bien plus rapides. Mais là, replié sur cette natte, il ne pouvait que subir sans comprendre.

— Foi de Galla ! rugissait maintenant l'immense Vallah au-dessus de lui. Je t'avais prévenu. Tiens ! Prends encore ça !

A cet instant, il sembla à Blade que la jambe monstrueuse avait soudain ralenti sa trajectoire et qu'une voix à la fois intérieure et extérieure déclarait :

— « Pas lui ! Pas le voyageur interdimensionnel ! »

Une voix qui pouvait être la sienne. Ou une autre. Mais ce fut alors comme un miracle. Ou plutôt comme dans un rêve. Richard Blade vit le pied botté ralentir encore sa course et s'arrêter presque, le temps de rouler enfin sur le côté et d'esquiver ce troisième coup. Un coup dévastateur qui fit siffler l'air près de sa tête. Maintenant, tout semblait se dérouler pour lui dans une espèce d'état second. Il voyait tout, comprenait tout et il pouvait même anticiper la prochaine attaque de ce Galla. La douleur s'était soudain estompée et tout devenait subitement facile. C'en était presque grisant d'être ainsi son propre spectateur. Ou presque. Acteur et spectateur à la fois.

— Richard Blaaade !

La voix de Riaalata ! Dans la furie de la douleur, il avait quasiment oublié l'aînée de Labarashi.

— Richard Blaaade ! Je t'en prie !

Dans un défilement d'images confuses, Blade avait enregistré la scène. Plaquée à la natte par un des Vallahs, Riaalata allait se faire violer. Déjà, le bandeau de peau noire couvrant sa poitrine gisait loin d'elle et le deuxième Vallah lui arrachait son pagne. Le regard de Blade capta d'autres images confuses, puis il vit distinctement le corps laiteux écartelé, avec son ventre ombré d'un triangle de soie rose. Il vit aussi le deuxième Vallah qui ouvrait son large haut-de-chausses en cuir pour en extraire un long sexe très mince.

— Richard Blaade !

Mais Blade avait déjà fort à faire. Déjà, Galla le colosse plongeait sur lui de nouveau. Il avait tiré un énorme sabre de sa ceinture et le voyageur interdimensionnel vit un bref instant luire la large lame dans la lumière de la lampe à huile. Un éclair de feu qui fulgura vers lui et, comme brusquement plongé en état de grâce, il n'eut qu'à rouler de nouveau pour éviter l'acier mortel.

Ce qui le sauva.

La lame sonna contre le sol, fit jaillir des étincelles et elle se relevait déjà, quand ayant achevé son esquive, Blade se redressait soudain face à son adversaire, son propre sabre tiré hors du fourreau. Surpris, Galla gronda une insulte, mais alors qu'il allait de nouveau abattre son arme, ses petits yeux cruels se dilatèrent d'étonnement.

Il venait de voir Blade à la lumière.

Blade sans son casque, Blade avec ses propres cheveux. Saisi, il ouvrit la bouche sur une exclamation muette et tandis que des tas de questions se posaient à son cerveau étriqué, la lame du sabre de Blade entrait dans sa bouche pour s'enfoncer dans sa gorge. Il émit un borborygme hideux, puis emporté par son élan, il s'empala lui-même davantage, faisant ressortir l'acier dans sa nuque et se faisant lui-même éclater les vertèbres cervicales.

Un acier bleu de sang.

Son énorme poing lâcha la poignée de son sabre et comme si ce trait d'acier constituait désormais l'ultime et précieux lien avec sa vie, il se mit à suivre le recul de Blade. Un lent mouvement en avant. Vers la mort. Puis alors que son regard devenait vitreux et tandis que les deux autres ne s'apercevant de rien s'occupaient toujours de Riaalata, Blade vit les mains du colosse se refermer autour de sa lame et se mettre à tirer dessus. Pour l'arracher. Spectacle affreux. Tranchant comme un rasoir, l'acier s'enfonçait dans les paumes, faisant gicler des flots de sang bleu, coupant muscles et tendons. Horrifié, Blade vit deux doigts brusquement sectionnés tomber à terre. L'un d'eux alla rouler entre les deux autres Vallahs, achevant sa course diabolique contre le corps nu de Riaalata.

— Richard Blaaa !

Celui qui maintenait la jeune femme lui avait envoyé un coup de poing en pleine poitrine, coupant net son cri et lui arrachant une espèce de soupir douloureux, tandis que son complice plongeait déjà sur elle pour s'engager entre ses cuisses. D'un mouvement sec, Blade arracha la lame du sabre de la bouche du colosse et, dans le même mouvement, il l'abattit à la volée sur la nuque du violeur. Une nuque protégée par le rabat massif du casque. Mais sous la violence du coup, l'armature en acier se plia et le cuir épais fut sectionné de part en part. Nuque brisée, ce fut cette fois au violeur de pousser un étrange soupir. Ses bras servant jusqu'alors d'appui de part et d'autre de la Shakre plièrent d'un coup et il s'effondra sur cette dernière qui cria de nouveau. Dans le même temps, le voyageur interdimensionnel avait déjà relevé son arme et, poussant un « han » de bûcheron, il l'abattit de nouveau. Dans une trajectoire fulgurante qui fit pénétrer l'acier exactement sous l'oreille droite de l'autre Vallah... pour le faire ressortir sous l'oreille gauche.

Deux geysers de sang bleu sombre qui fusèrent dans l'espace, inondant la natte et la pauvre Riaalata.

D'un coup de pied, Blade envoya le dernier cadavre bouler au fond de la case et tandis que ce dernier achevait de mourir dans les derniers spasmes, il aida la jeune femme à se relever.

Tremblante de rage et de peur, elle siffla entre ses dents serrées :

— Par les Nuées Sacrées, tu as bien fait de les tuer !

C'était à quelque chose près l'avis de Blade. D'autant qu'il n'avait pas eu le choix. Il était en effet hors de question que les Vallahs apprennent sa présence au Shakra. Il ignorait encore ce qu'il allait pouvoir faire pour ses habitants, mais il comptait demeurer discret. Du moins dans les premiers temps.

— Riaalata, dit-il à la jeune femme tandis qu'elle remettait de l'ordre dans sa tenue. Il va falloir faire disparaître ces cadavres et...

— Nos Resistes vont s'en occuper.

Maintenant que l'émotion était passée, l'aînée de Labarashi affichait de nouveau une mine déterminée. Essuyant les dernières traces de sang bleu qui souillaient sa peau blanche, elle gronda :

— Le temps est proche où ces chiens vont enfin souffrir à leur tour.

Blade alla écarter le rideau de l'entrée, ne vit qu'une ruelle déserte où de lourdes volutes de fumée noire et grasse planaient au ras du sol dégageant des remugles écœurants. Mais pas un seul Vallah à l'horizon. Réintégrant la case, le voyageur interdimensionnel ne put réprimer une grimace en se tenant le flanc.

— Tu souffres ? s'alarma Riaalata.

— Non, grinça Blade. Je m'amuse follement.

Il se laissa aller contre le mur de pisé en comprimant son flanc blessé, avant d'interroger :

— Qui sont ces Resistes dont tu parlais ?

L'aînée de Labarashi le toisa, finit par hocher la tête.

— Tu es un Brave, Richard Blade, dit-elle avec gravité. Et ta science du combat te hisse plus haut encore que les plus durs des Vallahs. Celui-là, dit-elle en désignant le géant, celui-là portait le nom de Galla. Il était le chef des gardes. Redouté de tous, plus fort qu'un kasar en furie.

Une lueur d'admiration dansait dans ses yeux roses.

— En tuant ces chiens, précisa-t-elle, tu viens d'indiquer dans quel camp tu es. Et ma mère Labarashi ayant choisi la retraite, c'est donc à moi en tant qu'aînée qu'échoit la charge du Pouvoir. Je vais donc tout te dire.

Elle hésita, indiqua le flanc de Blade.

— Mais avant, dit-elle, il faut panser ta blessure.

A cet instant, la toile de l'entrée se souleva, ouvrant le passage à l'Ancienne et à trois jeunes Shakres. En voyant le carnage, la vieille poussa une exclamation, horrifiée que Riaalata stoppa en élevant la main.

— N'aie crainte, l'Ancienne. Ces chiens sont moıts.

Puis désignant Blade, elle ajouta, lapidaire :

— Grâce à lui.

Il y eut un grand silence dans la case et le voyageur interdimensionnel fut un instant l'objet de toutes les curiosités. De son côté, il regardait les trois autres arrivantes. Elles étaient peintes des pieds à la tête. Des fresques aux teintes vives qui n'épargnaient pas un pouce de peau vierge. Mais Blade reconnut aussitôt la Shakre du milieu. Satarakabani. Pantelante, cette dernière semblait ivre ou très malade. Mais au moins, elle était vivante. Un instant, son regard flou accrocha le sien et elle souffla :

— Richard... Blade !

Puis elle s'évanouit de nouveau et les deux autres voulurent l'allonger sur la natte. L'Aînée intervint :

— Nous ne pouvons plus rester ici. Sauf toi, dit-elle à l'Ancienne.

Celle-ci n'en revenait visiblement pas du carnage. Elle levait sur Blade un regard à la fois admiratif et incrédule.

— Que vais-je faire d'eux, questionna-t-elle en désignant les morts.

— Rien, répondit Riaalata. Je vais t'envoyer des filles qui s'occuperont d'eux.

— Des filles ! Mais tu sais combien la confiance est souvent notre perte ! Comment savoir si des traîtres ne se cachent pas dans nos rangs ?

L'Ancienne semblait dépassée. Riaalata renvoya :

— Ne t'occupe pas de cela, l'Ancienne. Tu sauras tout en temps voulu.

Puis plongeant son regard rose dans celui de Blade, elle ajouta :

— La confiance peut aussi être une arme redoutable.

Elle observa un silence, ajouta, gravement :

— Désormais, tu as la mienne.

Blade hocha la tête.

— Je ferai en sorte d'en être digne. Maintenant, il faut filer, dit-il en se recoiffant avec les cheveux bleus et le casque de Tagdul Gasi. Nous allons tous sortir ensemble. Ainsi, tout le monde croira qu'un Vallah vous accompagne.

L'Aînée leva sur lui un regard étonné :

— Attention, prévint-elle. Les Vallahs parlent entre eux plusieurs dialectes différents. Ils vont s'apercevoir de la supercherie.

Malgré la douleur de plus en plus lancinante de sa blessure, Blade esquissa un sourire rassurant.

— N'aie crainte, avoua-t-il. Je peux aussi parler toutes leurs langues.

Aux expressions soudain tendues de l'auditoire, il comprit aussitôt leurs soupçons. Se pouvait-il qu'il soit en fait un Vallah infiltré ? Même au prix de trois autres Vallahs sacrifiés ?

— Eh ! s'exclama-t-il, qu'allez-vous imaginer ?

Le silence s'épaississait. Les soupçons aussi. Il fallait vite les désamorcer.

— Regardez, insista Blade en ouvrant sa vareuse d'uniforme. Voyez mon Essence de Vie. Elle est rouge ! Pas bleue ! Je suis différent de vous tous. Je ne peux pas être un Vallah.

— C'est un Vallah ! rugit une des sœurs derrière Blade. C'est un sale chien de Vallah qui se fait passer pour je ne sais quelle créature. Leur sale dieu Olos connaît des chimies. Ils ont pu changer la couleur de son Essence de Vie. C'est un sale espion. Qu'il périsse !

— Mais vous êtes toutes folles ! cria Blade. J'ai tué le garde aux cascades, j'ai également tué ces trois-là et...

— Pour les Vallahs, la vie ne compte guère, protesta l'autre sœur. Tu as tué ceux-là pour mieux nous abuser.

— Non, non ! Il faut me croire !

— Tuons-le ! gronda la sœur qui soutenait encore Tara. Maintenant, nous ne pouvons plus le laisser vivre.

— Par les Nuées Sacrées, gémit l'Ancienne

qui s'était réfugiée dans le fond de sa case. Par toutes les Nuées Sacrées !

— Arrêtez ! cria encore Blade.

Instinctivement, il avait porté la main au manche du poignard de Tagdul accroché à sa ceinture. Un geste mal interprété. Poussant un feulement de tigresse, Riaalata bondit soudain sur le sabre du Vallah qui avait failli la violer.

— C'est ce que nous allons voir, Richard Blade ! siffla-t-elle, dents serrées. La vraie couleur de ton Essence de Vie, nous allons la connaître sur-le-champ.

Et l'acier de la lame fondit sur lui.

Pour lui ouvrir les entrailles.

CHAPITRE XIV

Dans le mouvement d'esquive qu'il dut effectuer, Richard Blade faillit hurler. La douleur avait été telle dans son flanc qu'il en eut la nausée et que sa vue se brouilla sous le coup d'une forte ivresse. Mais heureusement, ses réflexes et sa science du combat avait joué à temps. La lame du sabre avait glissé contre le cuir de la vareuse et déséquilibrée par la force de son attaque, l'Ainée partit en avant. Rapide comme l'attaque d'un crotale, Blade avait déjà saisi le bras armé et enchaîné une clé au coude. La jeune femme poussa un cri aigu, voulut se débattre, mais comme la prise de Blade l'exigeait, elle dut pivoter de côté pour éviter le déboîtement de son coude.

Une prise d'aïkido qui ne pardonnait pas.

Blade força un peu, obligeant l'Aînée à mettre un genou au sol. Mais du coin de l'œil, il avait vu les deux autres Shakres abandonner Tara dans un coin pour ramasser chacune un sabre vallah. L'œil mauvais, la plus grande des deux s'approchait de Blade. Jambes fléchies, muscles tendus.

Rien n'allait plus.

— Eh ! cria-t-il. Vous êtes toutes devenues folles !

Au fond de la case et serrant à présent la jeune Satarakabani toujours évanouie contre elle, l'Ancienne se tordait les mains de désespoir.

— Par les Nuées Sacrées ! ne cessait-elle de larmoyer. Par toutes les Nuées Sacrées, ma pauvre chère Satarakabani ! Ma pauvre chère enfant va mourir !

Hélas, Blade n'avait pas le temps de se préoccuper de Tara. Lame haute, une des sœurs de l'Aînée avançait sur lui. Prête à charger. Tout ça était complètement fou. Il fallait trouver une solution. Vite. Car Blade se voyait mal tailler ces femmes en pièces à coups de sabre et tout aussi mal se faire lui-même décapiter.

— Arrêtez ! cria-t-il soudain en repoussant fermement l'Aînée loin de lui. Attendez !

Dans le mouvement, il avait quand même arraché le sabre des mains de Riaalata et il en fit siffler la lame dans l'air, avant de prévenir d'un ton peu amène :

— La première qui avance...

Il laissa sa menace en suspens. Toutes les trois avaient compris. Pourtant, tremblante de rage, l'Aînée gronda :

— Celles de la Lignée ne craignent pas la mort.

Elles s'en méfiaient un peu quand même, car aucune d'elles ne revenait à la charge. Heureusement. Car Blade n'était pas absolument certain de vouloir vraiment se servir de son sabre contre elles. Il fallait trouver autre chose.

— Attendez ! s'exclama-t-il brusquement.

Soudain, la lumière s'était faite dans son esprit.

— Ecoute, dit-il encore à Riaalata. Je suppose qu'il existe également des langages divers chez les Shakres. Des sortes de dialectes.

Le regard luisant, l'Aînée observait chacun de ses gestes. Visiblement prête à tenter encore son va-tout. Blade enchaîna aussitôt :

— Est-ce que ces langages existent chez vous ?

Longue hésitation de l'Aînée, puis elle finit par lâcher du bout des lèvres :

— Oui. Il existe en effet un langage secret pour communiquer entre nous.

Blade se détendit un peu, demanda encore :

— Un langage que les Vallahs ne peuvent connaître ?

Nouvelle hésitation de la Shakre. Toujours tendue, elle continuait à sonder son adversaire et semblait déterminée à profiter de sa première erreur. Enfin, contrainte et forcée, elle consentit à avouer :

— Ils ne le peuvent pas. Il s'agit de notre langue sacrée. Une langue que seuls les membres de la Lignée ont apprise.

— Dans ce cas, encouragea Blade en désignant les deux sœurs de l'Aînée, faisons l'expérience. Il vous suffit d'échanger quelques mots entre vous. Si je peux ensuite traduire vos propos je serai par définition lavé de tout soupçon.

Hésitation de l'Aînée qui finit par lâcher :

— Je suis d'accord.

Puis, sans transition, elle lança une courte phrase. D'une voix égale, mais dans un langage étrange composé de tonalités chantantes et modulées. A cet énoncé, Blade hésita. Pendant ce temps, les sabres des deux autres le menaçaient toujours. A la manière dont elles les brandissaient, Blade fut certain qu'elles savaient s'en servir. Dans leurs prunelles roses, des lueurs dangereuses s'étaient mises à danser.

Il fallait se montrer persuasif.

Alors, affichant un sourire insolite en la circonstance, Blade s'approcha de Riaalata, et se penchant à son oreille, il lui souffla à son tour une courte phrase.

Une phrase que l'Aînée fut seule à entendre.

Une Aînée qui parut soudain décontenancée, puis très embarrassée. Il y eut un brusque flou dans ses prunelles et ses pommettes jusqu'alors si laiteuses devinrent d'un beau bleu couleur d'azur.

Sa façon à elle de rougir.

Puis d'un ton subitement agacé, elle ordonna à ses sœurs toujours aussi menaçantes :

— Posez ces armes et chargez-vous plutôt de Satarakabani. Mais avant, badigeonnez-moi la face de peintures, que nous puissions rentrer chez nous sans encombres.

— Lui aussi, vient chez nous ? s'indigna la plus grande des sœurs.

Elle était toujours aussi méfiante. Prête à jouer du sabre qu'elle n'avait pas encore lâché. Riaalata considéra Blade d'un drôle de regard, avant de déclarer à l'intention des autres :

— Je ne crois pas que Richard Blade soit un Vallah.

Un long silence ponctua cette déclaration. Maintenant, la vieille Pabanranih reniflait ses larmes en caressant les cheveux de Satarakabani. Pour elle, l'univers semblait s'arrêter à ce simple contact. Désignant la jeune fille évanouie, Blade fit valoir :

— Il lui faut des soins.

— Elle sera pansée par la Medike de la Lignée.

— Soit, admit Blade. Allons chez toi. Est-ce loin ?

— Oui. Tout en haut de la Cité. Nous allons croiser des Shakres, mais il faut qu'eux aussi te prennent pour un Vallah.

Elle hésita, finit par admettre à contrecœur :

— Il y a des traîtres parmi notre peuple. Des espions qui pourraient te dénoncer aux Vallahs.

— Il y a des traîtres chez tous les peuples, fit valoir Blade dans un souci de conciliation.

— Nous allons aussi croiser des Vallahs, fit de nouveau observer l'Aînée. Au moindre geste suspect de ta part…

Elle laissa sa phrase en suspens, mais s'approchant de Blade, elle se plaqua soudain à lui comme une femme amoureuse et il sentit aussitôt une pointe de feu lui labourer le flanc.

Son flanc déjà blessé !

— Ce qui pique ta chair, Richard Blade, est mon poignard personnel, déclara l'Aînée. Ne te fais aucune illusion, siffla-t-elle dents serrées, au moindre geste, au plus petit mot suspect, je te tue.

Elle en était capable. Comportement qui prouvait qu'elle n'avait pas abandonné toute méfiance à son encontre. Logique. Même en admettant qu'il ne soit effectivement pas un Vallah, cela n'indiquait pas pour autant qu'il était un inconditionnel allié.

— Moi aussi, ajouta-t-elle, perfide, je comprends les langages des Vallahs. Y compris celui des Vallahs-Purkas. La pure race des montagnes. Très fière de ses racines, mais dont on dit qu'elle serait en voie d'extinction. Une ethnie rattachée par force à celle des Vallahs-Gasis et qui en souffre. Mais la Lignée connaît aussi cette langue-là. Elle connaît toutes les langues de notre monde.

Blade aurait certes facilement pu se débarrasser de l'arme, quitte à se faire balafrer un peu plus. Mais il fit semblant de se soumettre et il donna lui-même le signal du départ. En précisant toutefois à propos des sabres que les sœurs n'avaient pas encore lâchés :

— Si vous sortez avec ça, nous n'irons pas très loin.

D'un battement de ses cils roses, l'Aînée fit comprendre aux autres qu'il avait raison. Visiblement de mauvaise grâce, elles consentirent enfin à abandonner leurs armes et, portant littéralement Tara, elles précédèrent Blade à l'extérieur.

— Faisons vite, souffla Riaalata. A ce stade des sacrifices, le rab et le vak ont déjà fait leur œuvre. La folie règne dans la Cité.

De fait, si la ruelle était vide, on entendait non loin de là les échos des lugubres rites. Aux lamentations et cris des femmes, se mêlaient certains rires gras aux tonalités nettement masculines et les volutes de fumées grasses charriaient un regain de remugles écœurants.

— Ils ont allumé les bûchers, renseigna l'Aînée.

— Quels bûchers ? questionna Blade.

— Il faut bien brûler tous ces cadavres d'enfants, répondit sombrement la jeune femme.

Sinistre. Et cela sentait réellement mauvais. Dans la nuit rouge et empuantie, le groupe marchait vite. Les ruelles se succédaient, grimpant à l'assaut de la pente en forme d'entonnoir qui cernait le fond du Shakra. Déjà, ils avaient croisé plusieurs petits groupes de Shakres, dont la plupart semblaient complètement abrutis.

— Ils sont tous pleins de rab, grinça l'Aînée d'une voix méprisante. Les Shakres ne sont plus qu'une infâme sous-race. Rien que des lâches.

— Non, non, l'Aînée ! gémit la vieille Pabanranih qui avait entendu. Non. Pas tous. Toi et les tiens détenez toujours la fierté de la race. Il suffirait que tu réveilles notre peuple et...

— Tais-toi, l'Ancêtre, coupa durement Riaalata. Tu parles trop.

Mais la vieille était lancée et bien que s'essoufflant dans cette escalade malaisée des ruelles grossièrement pavées de pierre rouge, elle lança encore :

— La Lignée a ce pouvoir, l'Aînée ! Tu le sais ! La Lignée a toujours eu le Pouvoir !

— Vas-tu te taire, vieille radoteuse !

Cette fois, l'aïeule de Tara resta coite. Mais on sentait qu'elle n'en pensait pas moins et cela intrigua le voyageur interdimensionnel. Au cas où il n'apprendrait rien des filles de Labarashi, il se promit de l'interroger. Plus lourd que les précédents, un énorme nuage de fumée noire s'engouffra subitement dans l'étroite ruelle qu'ils étaient en train de grimper et l'Ancêtre se mit à tousser. Blade souffrait de plus en plus de sa blessure au flanc. Sans doute était-elle en train de s'infecter. Cela devait se voir, car l'Aînée qui se serrait toujours contre lui déclara bientôt.

— Nous ne sommes plus très loin. La Medike viendra panser ta blessure.

— Attention, souffla soudain une des sœurs en marquant le pas.

Mais il était trop tard. Alors qu'ils débouchaient sur une place carrée plantée de maigres arbustes sans feuilles, Blade avait vu des ombres à travers la fumée et il sentit son estomac se serrer.

Les Vallahs.

Ils étaient quatre et semblaient contrôler un groupe de femmes shakres éplorées.

— Rebroussons chemin, souffla une des sœurs de l'Aînée. Ils ne nous ont pas vus.

Mais elle n'avait pas encore achevé sa phrase que l'un d'eux plus grand et plus athlétique que les autres se séparait du groupe pour lancer d'une voix d'airain :

— Eh, toi ! Viens un peu là !

Sous le large casque, les petits yeux durs plongeaient droit dans ceux de Blade.

CHAPITRE XV

— Alors ! Tu viens, ou je vais te chercher ?

— Un chef de la milice ! souffla l'Aînée d'une voix blanche. Un komta. Le plus haut grade dans cette armée. Celui-là porte les insignes du feu. Le géant que tu as tué dans la case n'était que kapta et ce cercle brodé sur ta vareuse indique que tu es censé toi-même n'être qu'un shapa. Un simple milicien.

Précisions utiles. Blade savait maintenant ce que signifiait la flamme rouge cousue sur la vareuse de cuir du Vallah. Mais il savait aussi que les ennuis ne faisaient que commencer. Déjà, le grand Vallah faisait sonner ses bottes sur le pavé. Il venait à leur rencontre.

— Eh, toi ! répéta le Vallah.

Menaçant, il avançait toujours. Blade le vit porter la main à son sabre et il se dit que les choses se compliquaient.

— Tu m'as entendu ? lança encore l'homme de cuir et d'acier.

Blade avait entendu. Simplement, le langage

employé par le nouveau venu était différent de celui des Shakres et il avait fallu un bref instant à l'ordinateur de son cerveau pour en effectuer la traduction.

— Je t'ai entendu, komta, répondit-il avec une belle assurance. Et je suis à tes ordres.

— Tu tardes pourtant beaucoup à obéir, shapa ! Tu devrais savoir qu'ici, la milice est d'une discipline de fer.

— Je le sais, komta. Je ne t'avais pas entendu.

L'autre était arrivé à sa hauteur et sans un regard pour les Shakres, il observait Blade d'un air à la fois furieux et intrigué. Mais dans la nuit rouge et la fumée noire, il ne voyait pas grand-chose. En tout cas pas plus que Blade ne pouvait l'examiner lui-même.

— Tu es nouveau, par ici ?

Ce n'était pas à proprement parler une question, mais plutôt simplement un constat.

— C'est vrai, komta, avoua Blade sans mentir.

Si l'autre avait su à quel point il était nouveau...

— Tu es arrivé avec la dernière relève, hein !

— Oui, komta.

— D'où viens-tu ?

La question faillit prendre Blade de court. Mais avec la présence d'esprit qui le caractérisait, il se souvint des commentaires de l'Aînée un peu plus tôt dans la case de l'Ancienne et il répondit :

— Je suis un Purka.

Le Vallah marqua un temps, l'observa de plus près, avant de lâcher d'un ton soudain beaucoup plus amène :

— Un Purka, hein !

— Comme je te le dis, komta.

Si l'autre lui demandait de quelle région il était issu, c'était fichu.

— De quelle province es-tu ?

C'était la tuile. Blade sentit son estomac se crisper et tandis que sa main allait négligemment se poser sur la poignée de son sabre, il lâcha d'une traite :

— Je suis un fier Purka des hautes montagnes.

Il avait retenu l'allusion faite aux montagnes dans les renseignements fournis par Riaalata. Maintenant, le Vallah se penchait en avant pour mieux le voir encore. Un soupçon d'incrédulité s'était peinte sur ses traits brutaux. Enfin, après un regard vers les autres Vallahs, il questionna, presque confidentiel :

— Tu veux dire que tu serais de la région de Tingah ?

Ne voulant pas s'engager trop loin dans les explications, Blade éluda :

— Je suis natif de la plus fière, de la plus sauvage et de la plus belle des régions.

— Par les foudres d'Olos ! s'exclama alors le Vallah en lui expédiant une claque retentissante dans le dos. Foi de Kirtys, je me disais bien que tu avais fière allure ! Un Vallah charpenté comme toi ne peut venir que de Tingah !

Il claqua derechef le dos de Blade, gronda de sa voix d'airain :

— Un natif de Tingah, dit-il soudain, songeur. Comme moi, comme mon père et comme le père de mon père.

Il recula, toisa Blade avec attention, avisa le signe en forme de cercle cousu sur son uniforme et gronda :

— Par les foudres d'Olos, un fils de Tingah qui ne serait pas au moins kapta ne serait rien. Encore qu'il ne le resterait pas longtemps avant d'être comme moi nommé komta. Viens me voir un de ces matins à la saisine de la Garde. Je poserai ta demande de commandement.

— Je te remercie, komta. Je ferai tout pour être digne de ta confiance.

— Tu peux m'appeler Kirtys. Komta Kirtys. Nous sommes frères de tribu. En attendant, reprit aussitôt le Vallah en désignant Riaalata et les autres, qui sont ces Shakres qui t'accompagnent ?

Aussitôt, Blade sentit la piqûre du poignard de l'Aînée se préciser sur son flanc. Réprimant une grimace, il releva le menton de la jeune femme d'un doigt négligent pour affirmer d'un ton suffisant :

— Celle-ci est mon attitrée.

En récompense, il reçut un autre petit coup de pointe dans le flanc.

— Quant à celles-ci, précisa-t-il en désignant

les autres, on les a rencontrées sur le chemin. Elles reviennent des Rites et comme tu peux le voir, l'une d'elles a abusé du rab.

— Hum, grogna le Vallah. Mais celle-là, pourquoi est-elle ainsi barbouillée ? Pourquoi ne porte-t-elle pas les signes usuel du Rite ?

Là, Blade ne savait que répondre et ce fut l'Aînée qui le fit à sa place.

— As-tu déjà vu une Perytah suivre les Rites, komta ?

Elle avait volontairement marqué un ton vulgaire, accompagné d'une œillade qui ne trompait pas sur ses activités avouées. Une grimace dégoûtée déforma la bouche du komta qui cracha par terre.

— Des chiennes, gronda-t-il de sa voix d'airain. Rien que des chiennes lubriques.

Au Shakra, la race canine était décidément très répandue.

— Tu devrais épancher tes ardeurs dans les ventres des autres femelles shakraes, conseilla le komta d'un air de reproche. Tu n'aurais plus à consulter le Medike.

Puis revenant à ce qui l'avait animé plus tôt en les arrêtant, il questionna :

— Est-ce que ton chemin n'aurait pas croisé celui du kapta Galla ?

Blade fit la moue.

— Non, komta Kirtys.

L'autre parut embarrassé, finit par hocher la tête et tourna les talons en lançant par-dessus son épaule :

— N'oublie pas. Quand tu veux. A la saisine de la Garde.

Blade assura qu'il irait et poussa son petit monde en avant.

— Pressons, dit-il en détournant ostensiblement la pointe du poignard de l'Aînée. Et toi, cesse de me piquer.

Tandis qu'ils grimpaient les dernières ruelles supérieures du Shakre, Riaalata observa un long silence, avant de déclarer d'un ton légèrement contraint :

— Ton Esprit est vif, Richard Blade. Et ton imaginaire est fertile.

Deux pas derrière eux, l'Ancienne qui traînait un peu la patte s'anima tout à coup aux paroles de l'Aînée.

— Je le savais, lança-t-elle pleine d'enthousiasme à l'égard de Blade. En voyant ce Vallah... euh, je veux dire ce voyageur qui dit venir d'aussi loin que le temps, j'ai tout de suite su qu'il était bon. Et fort aussi. Et généreux et vif de son Esprit et...

— Suffit, l'Ancienne, coupa brusquement Riaalata. Tes paroles ressemblent à celles d'une fumeuse de rab.

Vexée, Pabanranih maugréa quelque chose d'incompréhensible, couvant quand même le large dos de Blade d'un regard ému.

— C'est ici, fit enfin l'Aînée alors qu'ils débouchaient sur une autre place pavée de pierres rouges. Nous sommes arrivés.

L'endroit était beaucoup moins animé que le

reste de la Cité. Seules quelques ombres furtives apparaissaient parfois fugacement, avant de laisser les écharpes de fumées puantes reprendre possession du décor. De la place grimpait un large escalier bordé de cases apparemment inhabitées, au sommet duquel une esplanade également pavée allait buter sur la paroi lisse et rouge du cratère. Une paroi contre laquelle une grande case avait été bâtie et dans le mur de laquelle, contrairement aux autres habitations de la Cité, une épaisse porte en bois était scellée.

— Voici la demeure de la Lignée, annonça l'Aînée avec une fierté mal dissimulée. A moins d'y être autorisé par moi ou d'être accompagné par l'une de nous, personne ne pourrait franchir la limite de cet escalier sans être tué.

Blade s'étonna.

— Vous possédez donc une garde si puissante ?

— Oui.

Disant cela, l'Aînée avait frappé dans ses mains. Aussitôt, tous les rideaux des cases de la place inférieure s'écartèrent et Blade vit apparaître de grosses faces brutales dans les ouvertures.

Des Ranakés.

Aussi monstrueuses que celle qui accompagnait Tara et Siri à l'arrivée de Blade dans cet univers fou.

— Ces Ranakés sont les gardiennes de la Lignée, expliqua brièvement l'Aînée en pressant Blade de hâter le pas. Elles nous sont dévouées jusqu'à la mort, mais leurs croyances leur interdisent de descendre dans la Cité Basse. Selon ces croyances, le fond de ce cratère serait le refuge des esprits du mal.

Si on se référait à ce qui s'y passait cette nuit, les Ranakés n'étaient pas loin d'avoir raison.

— Mais pourtant, les Vallahs...

— Ces chiens contrôlent tout le reste de la Cité. Tous savent le sort qui serait réservé à ceux qui profaneraient le Haut Shakra. Dans les temps reculés, c'est arrivé trois fois. Depuis, les Vallahs n'ont plus jamais essayé d'entrer ici.

Pour la première fois depuis leur rencontre, l'Aînée esquissa un léger sourire. Ironique, elle expliqua :

— Les Vallahs ignorent combien il existe de Ranakés. Elles sont des nombres et des nombres, elles sont partout, on ne les voit pas. Elles sont les fidèles Gardiennes de la Lignée. Aucune n'a jamais trahi et aucune ne trahira jamais. Le Serment de Fidélité est gravé dans leur Esprit bien avant de s'ouvrir à ce monde.

Incrédule, Blade s'étonna encore :

— Si, grâce à ces Ranakés, le peuple shakre est aussi puissant, pourquoi ne chasse-t-il pas les Vallahs de son territoire ?

— Je te l'ai dit, les Ranakés ne descendront jamais au fond du Shakra et les Vallahs le savent bien. Mais ceci n'empêcherait pas les Shakres de se rebeller si elles le pouvaient.

Haussement de sourcils de Blade.

— Cela ne s'est jamais produit ?

— Jamais.

Blade eut une moue d'incompréhension.

— Qui vous en empêche ?

Tandis que les Ranakés réintégraient leurs cases et que les rideaux se rabaissaient devant les ouvertures, l'Aînée conserva le silence. Mais alors qu'ils achevaient de gravir l'escalier, la jeune femme se retourna pour contempler les profondeurs enfumées par les bûchers et par les milliers de torches, et après un moment de gravité silencieuse, sa voix s'éleva pour déclarer avec une infinie tristesse :

— Nos hommes.

CHAPITRE XVI

— Tu as bien entendu, Richard Blade. Nos hommes sont la vraie cause de cette soumission que nous affichons.

La voix de l'Aînée avait résonné dans la grande case. Une vaste habitation au centre de laquelle une marmite fumait sur les braises d'un foyer ouvert. Au sol composé de dalles rouges grossièrement taillées, des tapis finement ouvragés étaient étalés, sur lesquels des nattes déroulaient leurs tissages épais. Des alcôves avaient été pratiquées au fond de la case, au creux desquelles des coussins aux couleurs de feu formaient des zones relativement confortables. On avait allongé Satarakabani dans une de ces alvéoles, où aidée par l'Ancêtre Pabanranih, une vieille femme silencieuse et au regard étonnamment pâle s'affairait à panser ses blessures.

La Medike de la Lignée.

Pendant ce temps, débarrassées de leurs peintures de Rites et assises sur les nattes, les trois filles de l'héritière Labarashi-Sahil observaient Blade avec curiosité. Soigné lui aussi un peu plus tôt par la silencieuse Medike, le voyageur interdimensionnel avait maintenant le flanc orné de plusieurs coutures et d'un onguent qu'un énorme pansement dissimulait heureusement. Maintenant, débarrassé de la vareuse d'uniforme et un bol de také fumant en main, il se sentait beaucoup mieux. Sa blessure avait certes beaucoup saigné, mais selon la Medike, il n'y paraîtrait plus au soir du « Rite de l'Elue ».

Reportant son attention sur l'Aînée, le voyageur interdimensionnel questionna :

— Et maintenant, si tu me disais tout ?

Riaalata plongea son regard rose dans le sien, hocha gravement la tête et les yeux soudain perdus dans le vague, elle commença d'une voix étrangement atone :

— Notre malheur remonte à la nuit des Temps, Richard Blade.

Elle prit une inspiration et comme pour mieux l'aider dans son souvenir, ses deux sœurs baissèrent la tête et fermèrent les yeux en même temps.

— Car depuis la nuit des Temps, les Vallahs qui obéissent aveuglément à Olos par l'intermédiaire de son monstre sanguinaire singua nous ont emprisonné ici et réduit nos hommes à l'esclavage.

— Comment cela s'est-il passé ?

— Nous ne l'avons jamais vraiment compris. Selon la Légende transmise par mes aïeux, cette calamité aurait débuté en ces temps chaotiques où de nombreuses ethnies peuplaient encore notre monde. Des ethnies qui n'avaient de cesse que de rivaliser entre elles, d'abord par les guerres, ensuite par d'autres moyens plus subtils dont les secrets sont je le crains à jamais perdus dans le gouffre universel du Temps. Mais la Légende dit qu'à l'apogée de ces temps chaotiques, existait une race d'êtres capables de tout régenter. Absolument tout.

— Tout ? s'étonna Blade. Tu veux dire que des hommes auraient eu le pouvoir de commander à la vie même ? A l'esprit aussi ?

— C'est ce que disait la Légende. Elle dit aussi que la Vie est Esprit.

— Comment s'y prenaient donc ces êtres ?

L'Aînée esquissa un sourire lointain, reporta son beau regard d'aurore sur Blade pour répondre :

— Je te l'ai dit, Richard Blade, ce secret s'est à jamais perdu dans le gouffre universel du Temps. Peut-être la clé nous en a-t-elle été fournie dans le texte même de la Légende, peut-être ce secret nous est-il encore accessible alors que nous le croyons à jamais enfoui, mais ni mes aïeux ni moi n'en avons jamais eu la révélation. Nous savons seulement que cette race d'êtres détenant le secret était elle-même gouvernée par un dieu. Un dieu qui possédait à lui seul tous les pouvoirs de cette race si puissante. Tous les pouvoirs, dont celui de gouverner les Esprits de ses êtres. La Légende dit aussi que l'Esprit de ce dieu projette maintenant dans l'Espace et le Temps les prolongements de sa Pensée. Une Pensée hélas aujourd'hui altérée par les Temps et les Temps et qui pour conserver son pouvoir aurait dû éliminer peu à peu la plupart des ethnies gouvernées par lui au début de son règne.

Un dieu fatigué.

— Et ce dieu n'aurait conservé en vie que les Shakres et les Vallahs, résuma Blade.

Acquiescement de l'Aînée.

— C'est ce que prétend la Légende.

— Et ce dieu s'appellerait Olos, dit encore Blade.

Nouvel acquiescement de l'Aînée de Labarashi l'Héritière. Le voyageur interdimensionnel commençait à mieux cerner le monde où il venait de faire irruption. En somme, selon cette Légende que plus personne ne pouvait réellement transmettre, faute d'en connaître tous les éléments, l'univers interdimensionnel où le Projet DX avait catapulté Blade aurait autrefois été un monde « normal » composé de nombreux peuples différents et gouvernés par une mystérieuse entité intellectuelle ou spirituelle. Un Esprit aux pouvoirs à présent usés et qui aurait décidé de ne plus régner que sur deux races, plutôt que de ne plus gouverner du tout.

Etrange démarche en vérité de la part d'une divinité.

— Et pourquoi ces Rites sanguinaires ? questionna Blade. Pourquoi sacrifier les nouveau-nés ne répondant pas aux critères ?

— Précisément parce que ces enfants ne répondent pas aux critères, Richard Blade. Tous les neuf cycles, les Vallahs réunissent un certain nombre de Shakres. Des femmes du Shakra et des hommes qu'ils détiennent prisonniers. Tous sévèrement sélectionnés. De ces rencontres naissent à la vie des petits d'hommes qui sont également impitoyablement sélectionnés. Les garçons répondant eux-mêmes aux critères sont conservés et élevés en des lieux tenus secrets. Ils serviront plus tard à assurer la reproduction de l'espèce.

— Et les filles ?

— Les filles sélectionnées sont soustraites à la communauté, emmenées en un lieu également secret et élevées par des nourrices selon les préceptes d'une Grande Prêtresse nommée Phantaska pour y devenir des Elues.

— Et les enfants des deux sexes ne répondant pas aux critères sont impitoyablement sacrifiés durant les nuits de Rites comme celle-ci.

— Ton Esprit est vif, Richard Blade.

Ce n'était pas bien difficile à deviner. Blade compléta :

— Et ces Elues sont ensuite livrées au dieu Olos.

— Oui. Les plus belles. Etrangement, leurs traits physiques se ressemblent toujours. L'Ancienne prétend qu'une divinité invisible s'ingénie même à façonner l'Elue en fonction d'une image exigée par l'Esprit d'Olos. En fait, cette divinité n'est autre que la Grande Prêtresse Phantaska.

Blade grimaça en portant la main à son flanc douloureux, demanda :

— Comment se passe la cérémonie de l'Elue ?

— Toujours selon le même immuable déroulement. Au soir de l'Offrande, l'Elue est ramenée au Shakra, elle est parée comme une déesse de légende par les nourrices avant d'être soumise au cérémonial. Les préparatifs sont très longs et se déroulent sous le contrôle de la Grande Prêtresse, jusqu'à l'instant où cette dernière disparaît dans l'épais nuage de fumée de rab qu'elle a exigé. C'est alors que se déroule enfin le Rite.

Blade hocha la tête.

— Parle-moi de ce Rite, encouragea-t-il. Dès lors qu'il est commencé, que se passe-t-il ?

L'Aînée leva cette fois un regard incrédule sur lui. Subitement, elle ne semblait plus très bien comprendre ce qu'il demandait. Il insista :

— Décris-moi ce qui se passe après la disparition de cette Grande Prêtresse Phantaska.

La plus grande stupeur se peignit alors sur le mince visage de l'Aînée de Labarashi-Sahil. Elle demeura interdite un assez long moment puis, tandis que ses sœurs affichaient à leur tour des expressions incrédules, elle dit enfin dans le plus grand étonnement :

— Mais c'est précisément là le Secret, Richard Blade !

Il tiqua.

— Comment ça, le secret ?

Alors, tentant un sourire incertain et avec un air d'excuse au fond de la voix, Riaalata finit par dire comme une évidence :

— Mais... mais nous n'en savons rien, Richard Blade ! Après la disparition de la Grande Prêtresse, nous ne savons pas ce qui se passe.

— Comment ça, vous ne savez pas ?

Nouvelle esquisse de sourire contrit de l'Aînée qui précisa :

— Nous ne savons pas... car alors, nous ne voyons plus rien.

Elle marqua un temps, ajouta :

— Personne n'a jamais vu le Rite, Richard Blade. Personne !

Blade n'y comprenait plus rien. Il répéta :

— Personne ? Personne et jamais ?

— Personne et jamais, s'entêta l'Aînée. Sauf...

— Sauf ?

Blade connaissait déjà la réponse, mais Riaalata hésita longuement. Enfin, comme à regret, elle avoua dans un souffle :

— Sauf Labarashi-Sahil, notre mère, l'héritière de la Lignée.

CHAPITRE XVII

Labarashi-Sahil avait vu le Rite et son Esprit s'était envolé.

En résumé, elle était devenue folle.

Depuis quatre jours, Richard Blade ressassait cette information sans arrêt et se posait des foules de questions. Bien sûr, il y avait cette allusion faite à l'épais nuage de fumée précédant la « disparition » du Rite et qui pouvait s'expliquer par une intoxication de masse au rab sur l'assistance shakre, mais cela n'expliquait pas pour autant la folie de l'Héritière à la suite de cet événement somme toute relativement mineur. Mystère qui intriguait Blade au plus haut point. Alors, dans un premier temps et en attendant la fameuse cérémonie du Rite, deux choses lui avaient semblé urgentes à établir.

D'abord, comment l'Héritière avait-elle pu voir ce que les autres n'avaient pas vu ?

Ensuite, pourquoi en était-elle devenue folle ?

Maintenant, après ces quatre jours d'inactivité, le voyageur interdimensionnel était persuadé qu'il n'avancerait plus sans au préalable avoir pu répondre à ces deux questions. Et dans cette perspective, son premier objectif s'appelait Labarashi-Sahil.

— Il faut que je lui parle.

Cela faisait maintenant trois fois qu'il demandait cette entrevue à Riaalata. Mais l'Aînée continuait à secouer négativement la tête.

— C'est impossible, dit-elle pour la troisième fois. Je te l'ai dit, elle a fait vœu de solitude et les Ranakés qui l'ont emmurée montent une garde constante devant la porte scellée de sa retraite. Ce sont les Gardiennes du Silence. Une charge sacrée.

— Tu es maintenant l'Héritière, fit valoir Blade. Il te suffit d'exiger pour...

— Les Gardiennes du Silence n'obéissent qu'à une seule autorité. Celle des Nuées Sacrées au nom desquelles elles ont prêté le Serment.

— Mais tu es l'Aînée ! Et même si tu n'uses pas de ton Pouvoir, tu n'en es pas moins l'Héritière en exercice ! tenta encore Blade. Tu dois tout faire pour sauver ton peuple du joug vallah et de son dieu Oros ! Même des Gardiennes du Silence devraient comprendre ça !

— Elles l'ont parfaitement compris.

Blade leva un regard incrédule.

— Tu leur as demandé ?

— Bien sûr. Mon rôle d'Héritière me fait obligation de rapporter à qui de droit tout ce qui est important. J'ai parlé tout à l'heure à la

Aliké. La Génère des Gardiennes du Silence. Elle m'a écouté et a compati, mais elle demeure inflexible. Pas question pour elle de rompre le serment. Si elle le faisait, elle devrait se tuer en entraînant ses trente-trois gardiennes dans la mort. Mais cette menace de mort collective n'est pour rien dans la détermination de la Génère. Pour une Gardienne du Silence, le Serment est plus fort que tout. Elles le respecteront jusqu'à la dernière.

Riaalata laissa son regard rose s'évader un instant dans le vague, avant de froncer ses fins sourcils et de lâcher du bout des lèvres d'un ton songeur :

— A moins...

Blade se tendit.

— A moins ?

La Shakre esquissa un geste comme pour chasser une mauvaise pensée, secoua la tête d'un air navré.

— Non, non, dit-elle. Cet espoir est une utopie. Notre chère mère Labarashi-Sahil ne le fera jamais.

— Ne fera jamais quoi ? s'irrita Blade.

Nouvelle hésitation de l'Aînée qui consentit enfin à avouer :

— Une seule personne pourrait exiger des Gardiennes du Silence qu'elles rompent leur serment.

— Qui ?

Riaalata esquissa un sourire sans joie... et

surtout sans illusion, et ce fut Blade qui compléta :

— Elle-même, n'est-ce pas ?

L'Aînée lui jeta un bref regard surpris, acquiesça de nouveau en silence. Un moment passa, puis un gémissement s'éleva d'une alcôve et aussitôt, la Medike qui veillait quelque part dans l'ombre se précipita. Un instant plus tard, elle venait se pencher à l'oreille de l'Aînée.

— Notre Satarakabani est sauve, dit alors l'Héritière à l'adresse de Blade. Gloire et honneurs soient rendus aux Nuées Sacrées.

Blade sourit, se leva en refoulant une grimace. Son flanc cicatrisait. Presque trop vite.

— J'en suis très heureux, avoua-t-il. J'espère qu'elle se remettra très vite.

Puis enfilant la vareuse de Tagdul Gasi et coiffant son casque, il annonça, ironique :

— Comme il me l'a suggéré, je vais aller rendre visite à mon supérieur le komta Kirtys, mon « frère » de Tingah. J'en tirerai peut-être de précieux enseignements...

L'Aînée leva sur lui un regard incertain.

— Ne parle pas ainsi, dit-elle. Bien que sachant à présent dans quel camp tu es, le port de cet uniforme me fait presque te haïr.

Pour la première fois depuis leur rencontre, la lueur trouble qu'il lut à cet instant au fond des prunelles roses lui fit penser exactement le contraire. Mais le royaume britannique ne finançait pas le tonneau des Danaïdes du Projet DX pour pimenter ses expériences amoureuses.

Fût-il l'agent spécial le plus... spécial de tous ceux de Sa très gracieuse Majesté.

D'ailleurs, si ses recherches continuaient à stagner ainsi, les ordinateurs du Projet DX n'allaient pas tarder à le « rapatrier » dans sa dimension. S'il voulait avancer, il allait devoir mettre les bouchées doubles.

En prenant quand même des précautions. Depuis l'avant-veille, des bruits circulaient en ville qu'on avait constaté des manquants chez les miliciens vallahs. Les autorités semblaient s'en émouvoir, car elles redoutaient toujours des rébellions.

Moralité, on avait noté la disparition des Vallahs tués par Blade, mais on n'avait pas retrouvé les corps.

— En principe, envoya-t-il par-dessus son épaule en quittant la grande case, je devrais revenir.

Si les Vallahs ne le démasquaient pas.

Mais selon les renseignements fournis par les Résistes de la Lignée, les simples shapas de la milice intérieure étaient changés très souvent. Ceci afin précisément qu'une trop longue promiscuité avec les Shakres n'entraîne certains à la trahison.

Et Blade comptait bien profiter de cette situation.

Un instant plus tard, il dévalait les escaliers de la place déserte et dans le petit matin rose de ses quatre astres voilés où des restes de fumées grasses planaient encore au gré des ruelles, il sentit le poids de dizaines de regards accrochés à son dos.

Les Ranakés.

Barrage infranchissable qui le séparait peut-être des réponses tant attendues. Son instinct lui criait que la réponse à toutes ses questions se cachait dans la mémoire de Labarashi l'Héritière. Même si cette mémoire était malade. Et maintenant qu'il était accroché à cette nouvelle énigme interdimensionnelle, il espérait trois choses en priorité : rester en vie, ne pas être trop tôt rappelé par les ordinateurs du Programme DX et pouvoir interroger la Mère Héritière de la Lignée de Sahil.

— *Et si c'était celui-là ?*

Brusquement tiré de ses songes par cette voix venue de partout à la fois, Richard Blade stoppa sa descente des ruelles du Shakra pour regarder autour de lui. Mais bizarrement, la voie était libre et les rideaux des cases ne frémissaient même pas.

— *Si c'est lui, ils vont le tuer !*

La voix était haut perchée et comme assourdie par un cocon. Intrigué, Blade allait se remettre en marche sans insister, quand l'évidence le frappa soudain. Une voix intérieure. De la télépathie !

A cet instant, Blade se souvint alors des paroles lancées par la petite Siri à propos de la télépathie... le « nom de la science des Innocentes et de l'Héri... »

L'Héritière ! L'enfant avait-elle voulu dire

qu'à l'instar de mystérieuses Innocentes, l'Héritière détenait ce type de pouvoir ?

Blade, lui, les détenait aussi !

Aussitôt mobilisé en phase télépathique opérationnelle, l'esprit de Richard Blade s'était déjà lancé à la recherche de cette autre source télépathique. Une recherche qui s'effectuait automatiquement par la voie des ondes émises. Une technique psychosensitive mise au point et développée sur Blade par Lord Leighton. Un instant immobile, le voyageur interdimensionnel s'était maintenant mis en mouvement. Regard fixe et le souffle presque inexistant, il se laissait guider par le fil ténu des ondes, corrigeant sa marche à leur gré, sentant dans son cerveau entièrement mobilisé les éléments « guides » de son « radar » extra-sensoriel. Un moment, il sembla hésiter sur la direction, puis, aussi sûrement que s'il avait suivi une piste balisée, il alla soulever le rideau d'une case un peu à l'écart.

— Non ! Ne viole pas mes entrailles !

La voix était frêle. Tremblante aussi.

La voix d'une enfant. Une enfant qui regardait Blade avec effroi et qui reculait vers l'intérieur de la case où elle semblait être seule.

— Ne viole pas mes entrailles, Vallah ! supplia-t-elle encore, son petit menton tremblant sous le coup de l'émotion.

Blade laissa retomber le rideau dans son dos, et dans la pénombre de la case, il sourit à la fillette d'un air rassurant.

— N'aie crainte, dit-il le plus doucement possible.

Puis enchaînant aussitôt en langage télépathique, il assura :

— *Je n'ai nullement l'intention de violer tes entrailles.*

A cet énoncé mental, la fillette se statufia sur place et l'expression du plus grand étonnement se peignit sur son petit visage laiteux. Blade lui souriait toujours et il insista à voix intelligible :

— Tu vois, je comprends ce que tu penses et je peux également correspondre de la même manière avec toi.

Sous le coup de l'émotion, la petite Shakre fit encore un pas en arrière, espérant visiblement un secours qui ne venait pas. Alors, toujours tremblante mais fixant Blade dans les yeux, elle transmit télépathiquement :

— *Mais alors... tu ne serais pas un Vallah ?*

— *Non,* répondit Blade de la même manière. *Je ne suis pas un Vallah. Mais,* ajouta-t-il exagérément confidentiel par jeu, *il ne faut surtout pas aller le dire aux vrais Vallahs.*

— Oh, non ! s'exclama la fillette à voix haute. Bien sûr que non !

Elle semblait toujours aussi peu rassurée, mais la panique avait quitté ses grands yeux roses. Des prunelles où l'intérêt commençait à allumer des paillettes d'or. Une première fois, elle ouvrit la bouche pour ne rien dire, puis se décidant enfin, elle déglutit péniblement avant de questionner :

— Mais alors, qui es-tu, si tu n'es pas un Vallah ?

— *Je viens de très loin pour combattre les Vallahs.*

Un éclair fusa dans les yeux roses.

— *Tu vas les tuer tous ?*

— Je ne pense pas, sourit Blade. Mais je vais essayer de faire en sorte que ton peuple les chasse

La lumière enthousiaste qui s'était allumée dans les prunelles roses s'éteignit.

— Alors, dit la fillette, nous ne serons jamais libres. Mon peuple n'est composé que de femmes et les Ranakés ont fait vœu...

— Je sais, coupa Blade.

Une ombre de doute passa dans les yeux roses.

— Comment sais-tu cela ?

— *L'Aînée de l'Héritière me l'a dit.*

— *L'Aînée de l'Héritière t'a donc parlé ? Est-ce qu'elle et ses sœurs auraient enfin décidé de soulever le peuple du Shakra ?*

Une révolutionnaire en herbe ! Eludant la question, le voyageur interdimensionnel s'enquit :

— Tu es une Innocente, n'est-ce pas ?

— Oui, répondit fièrement la fillette. Et mon nom est Larameh.

— Je suis content de te connaître, Larameh. Mon nom à moi est Blade. Richard Blade.

La fillette eut un charmant froncement de sourcils.

— Cela ne ressemble pas à un nom, dit-elle.
Blade sourit.

— C'est pourtant le mien.

Puis changeant de sujet, il questionna :

— Peux-tu me dire ce que signifiaient les deux premiers messages télépathiques que j'ai reçus de toi, il y a un instant ?

— Bien sûr. J'ai seulement pensé que tu étais l'espion.

— Quel espion ? s'étonna Blade.

— Celui dont j'ai entendu parler certains Vallahs entre eux quand ils sont venus prendre les entrailles de ma grande sœur qui fait commerce de son corps.

De mieux en mieux. Blade était tombé dans la case d'une Perytah. Il lança un regard inquiet autour de la case et pour la première fois, la fillette sourit à son tour. Ainsi, elle était très jolie et deux fossettes creusaient ses joues aux commissures des lèvres. Avec ses grands yeux et ses cheveux roses, on aurait dit une poupée.

— Ne crains rien, précisa-t-elle. Ma grande sœur ne rentre jamais aussi près des aurores.

Blade réfléchissait très vite. Il demanda encore :

— Ainsi, tu peux correspondre télépathiquement avec toutes les Innocentes du Shakra ?

— Oui. Nous le pouvons toutes.

On arrivait à la question essentielle.

— On dit que l'Héritière aurait également le pouvoir télépathique. Une Innocente peut-elle correspondre avec elle ?

— Non.

Larameh s'était soudain rembrunie. De nouveau méfiante, elle levait sur Blade un regard plein de reproches.

— Pourquoi ? insista ce dernier.

— Ne sais-tu pas que notre Labarashi-Sahil est entrée en retraite voici des Temps et des Temps ?

— Si. Je le sais.

— Tu devrais donc également savoir qu'elle a fait vœu de silence jusqu'à ce que son peuple ait la volonté de se libérer du joug vallah. Elle ne correspond donc plus avec personne. Pas même avec ses filles.

On tournait en rond. Blade soupira. Il ne fallait pas en demander trop, grâce à cette correspondance télépathique de hasard qui l'avait mis en garde, la petite Larameh venait sans doute de lui sauver la vie. C'était déjà beaucoup.

— Merci, Larameh, dit-il. Tu m'as rendu un immense service.

Il allait quitter la case, quand la fillette lui lança soudain par télépathie :

— *Tu es venu dans notre monde pour rompre le maléfice, n'est-ce pas ?*

Blade se retourna, questionna de la même manière :

— *Quel maléfice, Larameh ?*

Les lueurs avaient subitement déserté les grands yeux roses. L'Innocente avait à présent le regard étrangement terne. Comme si elle avait soudain regardé très loin à l'intérieur d'elle-même. Et ce fut d'une voix aussi terne qu'elle laissa tomber :

— *Tu le sais bien. Le Maléfice du Conte préféré d'Oros.*

Blade tiqua, revint vers la fillette et se pencha pour plonger son regard dans le sien.

— *Que veux-tu dire, Larameh ? Qu'est-ce que c'est, ce conte préféré d'Oros ?*

Le regard de plus en plus flou, la voix télépathique de la fillette souffla comme pour elle-même :

— *Tu le découvriras peut-être, Richard Blade. Tu le découvriras peut-être à l'instant... de l'Offrande et du Passage.*

— *Quelle Offrande ? Quel passage, Larameh ? Que veux-tu dire ?*

La petite sembla soudain s'éveiller d'un profond songe intérieur. Elle frissonna, retrouva son regard clair, demanda, incrédule :

— Que dis-tu, Richard Blade ? Qui a parlé d'offrande et de passage ? Ton langage est décidément bien mystérieux.

CHAPITRE XVIII

— A L'instant de l'Offrande et du Passage !

Richard Blade ne cessait de se répéter cette phrase comme un leitmotiv ou comme une formule codée. Ce qui était un peu le cas. Depuis qu'il avait quitté la petite Larameh la veille, il ne cessait de se torturer la cervelle pour essayer de comprendre. Mais il avait beau retourner le problème dans tous les sens, dans son esprit cette phrase sibylline ne pouvait s'appliquer qu'au fameux Rite de l'Elue.

Un Rite qui impliquait effectivement la notion d'offrande de l'Elue en question et celle de passage dans une autre existence. Ou dans la mort. Un Rite dont Blade savait à présent qu'il aurait lieu dans trois jours. Alors, persuadé qu'une amorce de solution pouvait passer par sa rencontre avec Labarashi, il pressait Riaalata de le laisser parler à celle-ci. En vain. L'Aînée ne voulait rien savoir, prétendant qu'elle n'obtiendrait jamais des Gardiennes du Silence qu'on pratique la moindre ouverture dans le mur du Vœu afin d'être entendu d'elle. Moralité, restait la solution désespérée. Une opération clandestine.

Une tentative d'induction télépathique.

En effet, si Blade se fiait aux propos de la jeune Siri que Tara avait fait taire précipitemment, il pouvait espérer qu'à défaut de l'entendre en clair et de lui répondre de vive voix, la Mère Héritière accepterait de correspondre avec lui de la seule façon qui lui permette de respecter en même temps son Vœu de Silence.

Par la télépathie.

Une idée ancrée en lui depuis son étrange rencontre avec la petite Larameh. Opération qu'il tenterait de nuit, afin de limiter les risques d'interférence parapsychologique de son entourage immédiat.

Cette nuit.

C'est-à-dire maintenant. Dès qu'il se sentirait en état de concentration optimum.

Allongé sur sa natte dans l'alcôve voisine de la jeune Satarakabani, il percevait le souffle régulier de cette dernière. Un souffle qui résumait à lui seul son état. Elle était effectivement sauvée. Dans la journée, la Medike avait cessé ses soins et depuis un long moment, la Refuse dormait profondément. Quant à l'Aînée et à ses deux sœurs, elles dormaient également. Toutes les trois dans des alcôves situées à l'opposé de Blade.

Le moment était venu.

Inspirant profondément l'air embaumé d'encens, Richard Blade se détendit entièrement et, fermant les yeux, il laissa son esprit dériver lentement vers le but recherché. Un exercice qui dura un assez long moment, avant qu'il sente enfin les premiers signes de son entrée en phase réceptive. Laissant son esprit dériver de plus belle, il resta un autre long moment à réunir toute cette énergie réceptive et à la canaliser dans la direction souhaitée. Enfin, étant parvenu au résultat escompté, il entama sa recherche de la phase émettrice. Un travail délicat et fastidieux dont il n'était jamais certain qu'il réussisse.

Mais ce soir, cela fonctionnait.

Déjà, les premières ondes émettrices de son investigation semblaient trouver un embryon d'écho. Encore timide, ce dernier venait et repartait à intervalles irréguliers, semblant hésiter ou craindre précisément d'accepter le contact. Mais la volonté de Blade était sans faille. Dans ce domaine ô combien fragile, dès qu'il tenait le moindre soupçon de piste, il ne lâchait plus sa cible. Un exercice exténuant qu'il avait répété et répété des milliers de fois dans le secret du laboratoire de la Tour de Londres. Un travail de toutes les facultés mentales que seul un être exceptionnellement doué pouvait accomplir sans dégâts psychiques graves. Maintenant, Blade était en pleine phase conjuguée d'appel télépathique et de réception. Il sentait qu'à tout instant le vrai contact pouvait s'établir et qu'il lui faudrait alors lutter sur deux tableaux en même temps.

Le déroulement optimum de l'induction et la lutte contre le barrage éventuel des défenses parapsychologiques de la Mère Héritière. Et ceci risquait de se poursuivre durant toute l'induction. Il suffisait que l'esprit de Larabashi-Sahil refuse de collaborer.

Ce qui était plus que probable, et...

Mais soudain ce fut le contact.

Ténu, fragile, déjà rompu. Blade se mobilisa aussitôt tout entier, envoyant un faisceau d'ondes émettrices vers la source tout juste perçue et se lança :

— *O Mère Héritière!* envoya-t-il avec autorité. *Un fils de la paix et de l'amour vient à toi.*

Tendu dans l'attente du résultat, il attendit un moment qui lui sembla une éternité, puis, ne recevant aucun écho, il insista :

— *O Mère Héritière! Je suis venu dans ce monde de contraintes et de malheurs pour apporter mon aide aux tiens. Réponds-moi, je t'en conjure!*

Il ne se passait toujours rien. Seul un vide sidéral semblait renvoyer l'écho de l'induction. Mais Blade était lancé. Il sentait que contre toute attente, la communion de son esprit avec celui de Labarashi était possible.

Concentré à l'Extrême, son esprit lança encore :

— *O Labarashi-Sahil, Mère Héritière de la Lignée, je viens à toi pour le salut de tous tes sujets, mais aussi pour celui de tes filles ! Il ne faut pas les livrer à Olos !*

— *Olos !* tonna soudain une voix intérieure d'une force inattendue.

Puis ce fut de nouveau le silence dans la tête de Blade et il craignit d'avoir déjà perdu le contact.

— *O Mère Héritière !* renvoya-t-il aussitôt avec plus de puissance cérébrale encore. *O Mère Héritière, je te conjure de m'entendre et de m'aider. Je sais que tu le peux et tu dois savoir que mon but est de lutter contre Olos, son singua et ses Vallahs.*

Un rire sec lui répondit aussitôt, avant que la voix mentale ne reprenne, chargée de mépris.

— *Olos n'est qu'un dieu de pacotille. Un commis de l'Illusion ! Sans cette dernière, il n'est rien d'autre qu'un esprit en déroute.*

— *Soit,* coupa Blade. *Mais j'ai besoin de ton aide pour le combattre. Tu dois me dire sur quel terrain je peux espérer contrer ses manœuvres !*

— *Olos n'est qu'un esprit dépravé !* tonna de nouveau la voix mentale de Labarashi. *Un pauvre illusionniste qui se prend pour le Dieu Créateur. Sans la terreur qu'inspire sa créature monstrueuse et sans les armées de Vallahs qu'il a placées sous influence, Olos ne serait rien.*

— *Soit,* voulut bien admettre Blade. *Mais Olos règne en tyran sur ton peuple. Ton peuple que ton Vœu de Silence plonge dans un profond désarroi.*

Il y eut un blanc télépathique, puis plus âpre

encore, la voix mentale de Labarashi pénétra dans le cerveau de Blade :

— *Mon peuple et son armée populaire d'alors a laissé assassiner ma fille aimée par les Vallahs. Mon peuple est lâche. Il n'a que ce qu'il mérite !*

Un véritable réquisitoire. Mais polarisé vers son but, Richard Blade insista, renvoya sèchement :

— *Les peuples sont souvent le reflet de leurs chefs, ô Mère Héritière.*

Il y eut un autre silence dans le contact, puis l'esprit de Labarashi reprit, glacé :

— *Oserais-tu prétendre que je suis une Mère Héritière qui s'est montrée lâche, Richard Blade ?*

Le voyageur interdimensionnel sourit intérieurement.

— *La réponse à cette question t'appartient, ô Mère Héritière.*

Cette fois, le blanc télépathique se prolongea si longtemps que Blade fut certain d'avoir été trop loin. Labarashi avait rompu le contact. A cet instant, l'instinct du voyageur interdimensionnel enregistra une sorte de souffle tout près de lui. Puis son odorat enregistra une fragrance musquée et quelque chose de doux et de chaud vint se lover contre son corps nu.

Riaalata !

Riaalata venait de s'allonger sur sa natte et son corps également nu se pressait contre le sien. Il en fallait évidemment plus à Richard Blade pour le déstabiliser, mais dans l'état perceptif où il se trouvait en ce moment, cela lui fit l'effet d'une explosion de tous les sens. D'autant qu'une main tiède et hésitante commençait à courir sur son torse puissant. Une main aux doigts frémissants qui descendait lentement vers son ventre.

— Je sais que tu ne dors pas, Richard Blade, souffla enfin la voix de l'Aînée tout contre son oreille. Je sais aussi que tu m'attendais.

Dans l'absolu, Riaalata n'avait pas complètement tort, mais dans la situation actuelle, le voyageur interdimensionnel avait vraiment d'autres soucis.

— Tu vois, reprit tout doucement la voix de l'Aînée. Tu vois que tu m'attendais. J'en ai la preuve.

La preuve en question était cette hampe de chair exigeante que Blade n'avait pas réussi à empêcher de se dresser impérieusement. Hommage involontaire mais irréfutable à la présence de Riaalata. Une preuve que la jeune femme avait déjà maladroitement prise en main et qu'elle caressait doucement... du bout de ses lèvres brûlantes.

Pour une femme n'ayant jamais connu d'homme...

— *J'ai compris ton message, Richard Blade,* fit soudain la voix télépathique de Labarashi. *J'y ai longuement réfléchi et je le crois sincère et empreint de dignité.*

— Est-ce que ces choses se pratiquent également dans ton monde, Richard Blade ? questionna la voix de l'Aînée. Est-ce ainsi que l'on donne de l'amour et du plaisir à un homme que l'on admire et que l'on aime ?

Il ne manquait plus que ça ! Blade avait maintenant la mère et la fille sur deux « lignes » différentes. Un instant, il songea à évincer Riaalata, mais c'eût été une dépense d'énergie dangereuse pour le maintien de son contact télépathique. Pendant ce temps, forte du silence de Blade et de la belle vigueur de son membre viril, l'Aînée poursuivait son entreprise. De son côté, Blade commençait à sentir son contact télépathique perdre peu à peu de son acuité. Ce fut pourtant assez nettement que la voix de Labarashi lui parvint de nouveau :

— *Mon esprit jusqu'alors prisonnier de sa peine a réalisé que mon peuple souffrait et avait besoin de moi, Richard Blade. C'est pourquoi je viens de décider de t'aider, tout en continuant de respecter mon vœu de silence jusqu'à la perte de l'illusionniste Oros et la libération de mon peuple.*

— *Pourquoi ne pas briser ton silence dès à présent, ô Mère Héritière ?*

— *C'est une chose impossible, Richard Blade. Le Serment comportait ces conditions et le Serment est indéfectible.*

— Oh, Richard Blade ! souffla soudain la voix de Riaalata tout contre lui. Comme je désire ton corps et ton amour !

L'Aînée avait glissé une jambe autour de sa hanche et d'une lente et sournoise reptation, elle commençait à le chevaucher pour amener son intimité soyeuse au contact de sa virilité. Manœuvre qu'en d'autres circonstances le voyageur interdimensionnel aurait très fortement appréciée. Mais en l'occurrence, il sentait que cette émotion physique qui montait en lui altérait gravement ses facultés extra-sensorielles.

— Ecoute, commença-t-il. Je...

— Non, Richard Blade ! Laisse-moi faire. Je veux te prendre. Je veux te posséder moi-même !

— *Richard Blade !* reprit la voix télépathique de la Mère Héritière. *Richard Blade, je sens ton énergie s'éloigner de la mienne !*

Il y avait de quoi. Sur Blade, Riaalata venait de s'emparer de son sexe dressé et de le porter à l'orée de son buisson intime. Un toupet de soie humide et chaude, au milieu duquel une douce blessure était en train de l'engloutir. Serrant les dents, retenant son souffle et portant toute sa volonté à conserver son contact télépathique, il se sentit enserré dans un fourreau de chair brûlante qui s'enroula autour de son membre quand Riaalata se laissa lentement retomber sur lui.

— *Je sens ton énergie se déliter, Richard Blade!* poursuivait pendant ce temps la voix télépathique de la Mère Héritière. *Si je dois t'aider dans ton entreprise, il faut maintenant faire vite.*

C'était bien l'avis de Blade. Il n'allait pas

tenir ainsi très longtemps. Un bref instant, il avait senti céder une petite résistance dans le fourreau brûlant et Riaalata avait laissé fuser une légère plainte filée. Cette défloration l'émut et le galvanisa et il s'enfonça lentement de toute sa longueur. Sur lui, l'Aînée poussa un feulement, remonta au-dessus de lui, se laissa retomber avec un autre gémissement.

— *Alors,* envoya encore l'esprit de Labarashi, *voilà ce que tu devras faire, Richard Blade. Mais attention, Olos est très puissant. Il a déjà tout préparé pour t'anéantir tout en s'amusant. Il a d'ores et déjà jonché ta route de pièges sournois et tes chances de triomphe sont nulles, car c'est cet illusionniste d'Olos qui aura préalablement imaginé et programmé ce que tu penseras être tes propres options.*

Discours qui remontait le moral.

Blade ne comprenait d'ailleurs pas grand-chose à ce langage hermétique. Et pendant ce temps, Riaalata s'activait toujours sur lui. Ses soupirs se faisaient plus longs. Plus profonds aussi et tout son mince corps s'était mis à trembler sur celui de Blade. Ne pouvant à la fois axer sa volonté sur sa démarche télépathique et sur l'amour, le voyageur intermensionnel sentait déjà monter dans ses reins les premières vagues crucifiantes de la progression du plaisir. Mais il devait encore tenir. Car un orgasme dans de telles circonstances risquait de lui faire rompre le contact avec Labarashi.

Il fallait tenir. Tenir encore.

Mais sur lui, Riaalata poursuivait sa folle chevauchée. Alors, pour reprendre le contrôle de la situation, Blade s'arracha à son étreinte, la fit basculer sur le ventre et, sans se préoccuper de ses protestations, il enfouit de nouveau son sexe tendu dans le ventre offert. Riaalata poussa un cri, rua à trois reprises comme pour le faire basculer à son tour, puis voyant que rien n'y ferait, elle se laissa aller et se remit à onduler pour mieux le recevoir en elle.

— *Tu rencontreras sûrement ta propre mort dans le jeu sadique que t'imposera Olos,* reprenait la voix télépathique de la Mère Héritière. *Mais tu es le Brave que tout mon peuple et moi-même attendions depuis toujours et dont la venue est évoquée dans la Légende. C'est pourquoi j'ai décidé de t'aider.*

— Aaah ! feula soudain l'Aînée en venant à la rencontre des coups de boutoir qui la violaient. Par les Nuées Sacrées !

Elle n'en dit pas davantage. Feulant entre ses dents, Riaalata ondulait sur lui comme un délicieux reptile. Soudain transformée en une espèce de douce furie, elle se mit à aller et venir, enserrant plus fort encore le sexe de Blade dans la gaine fiévreuse de ses muscles intimes.

— *Comment peux-tu m'aider?* questionna télépathiquement Blade.

— *Quand le moment sera venu de l'affrontement, Richard Blade, il te suffira de suivre mes conseils et de combattre bravement.*

C'était mince, comme garantie. Mais il semblait que Blade n'ait guère le choix. Selon toute certitude, c'était ça ou se débrouiller seul.

— Aaaah ! cria l'Aînée en ruant à sa rencontre. Aaaah, par... les Nuées Sacrées !

— *Comment connaîtrai-je le moment du combat ?* tenta encore Blade.

C'était difficile. Très difficile. L'annonce du plaisir et les battements fous du sang à ses temps brouillaient sa perception télépathique.

— *Comment saurai-je ?* insista-t-il au bord de la perte de contact. *Comment, Mère Héritière ?*

— *L'affrontement aura lieu au jour de l'Offrande et du Passage de l'Elue, Richard Blade. Et seulement à ce moment-là.*

Cela recoupait le raisonnement de Blade. Mais au loin dans sa tête, la voix télépathique reprenait, soudain alarmée :

— *Qu'arrive-t-il, Richard Blade ? Ton Esprit est tout enfiévré, Richard Blade ! Es-tu souffrant ? Serais-tu blessé ?*

— *Non, non, Mère Héritière ! Non ! Tout va bien. Je... j'attendrai donc le moment du combat en toute sérénité et... et je suivrai donc... tes instructions.*

Tout le reste se perdit dans la formidable tempête qui emporta l'Aînée et Blade dans l'instant suivant.

CHAPITRE XIX

La foule des Shakres peintes en noir des pieds à la tête se pressait sur l'immense place centrale du Shakra. Les tam-tams résonnaient sourdement dans le gigantesque cratère et les chants rythmés des officiantes montaient vers le ciel rouge, traversant les fumées des torches et réverbérant leurs échos sauvages contre la paroi lisse et couleur de feu. Sur la grande scène triangulaire aux marches de pierres, des flambeaux avaient été piqués, formant une double haie de flammes tremblantes et sous le fond odorant de l'encens brûlé, on sentait les lourdes fragrances des émanations de rab. Du rab distribué en quantité et que les Shakres fumaient abondamment. Une atmosphère lourde et grise flottait au ras du sol, tandis que tout en haut du cratère, un double cordon de Vallahs portant des masques d'oiseaux de proie surveillaient le Shakra. En bas, massés de part et d'autre de la porte monumentale de la plate-forme reliée au chemin de ronde, d'autres

Vallahs montaient une garde immobile, tandis que leur milice intégrée à la foule tout en bas circulait lentement parmi les groupes.

Blade était de ceux-là.

Près de lui et le suivant pas à pas, Riaalata également peinte en noir, semblait tendue et inquiète. Blade avait fini par tout lui expliquer de son entretien télépathique avec sa mère, et le premier moment de saisissement passé, elle avait immédiatement décidé de l'accompagner.

Mais pas seule.

Avec toutes ses Résistes. Une véritable armée de plusieurs centaines de filles aguerries dont personne n'aurait pu soupçonner l'existence. Exactement identiques à toutes les autres Shakres.

Mais étrangement, ce renfort inespéré ne rassurait pas exagérément Blade. Il subodorait que le moment de la confrontation venue, Olos n'aurait que faire de cette armée de filles à l'armement quasi inexistant. Il se sentait en fait pris dans une sorte de gigantesque piège dont il ignorait même la nature réelle. Mais n'ayant pas eu d'autre choix, il avait pris ses responsabilités. Et accepté celui d'être repéré. Notamment par le komta Purka de Tingah si leurs chemins se croisaient une nouvelle fois. En attendant, la cérémonie de l'Elue tardait.

De plus en plus intoxiquée par les vapeurs de rab, la foule s'enlisait doucement dans le délire. Des groupes de filles shakres se roulaient déjà à terre, mimant des parodies d'accouplements dont certaines viraient carrément à l'orgie lesbienne.

Au passage de Blade, une très jeune Shakre, dont la compagne fouillait allègrement le ventre de sa langue, attrapa sa botte de cuir noir pour l'arrêter. Elle lui sourit d'un air d'invite, mais la bouche de son amie faisant décidément trop de délicieux ravages dans ses entrailles, son regard allumé bascula d'un coup et elle poussa une longue série de cris aigus en se tordant à terre. Hilare et excitée, toute une petite foule assistait au spectacle et déjà, d'autres groupes se formaient dans la même intention. Mais soudain, alors que l'orgie menaçait de se généraliser, des roulements de tambours accompagnés de chants graves et lents s'élevèrent tout au fond du cratère et Blade vit soudain la lumière rouge ambiante virer au verdâtre, tandis qu'une large zone plus lumineuse se déplaçait sur la paroi pour se fixer tout en haut du cratère.

Sur la plus grande des plates-formes ascenseurs.

Tout là-haut, il y eut alors un mouvement dans le cordon de gardes et ce dernier s'ouvrit pour laisser apparaître de nouveaux arrivants que Blade distinguait mal. Tout un équipage, avec un groupe portant des torches.

— L'Elue, indiqua l'Aînée à son oreille. L'Elue est arrivée. Le Texte va se dérouler.

— Le Texte ?

— Le Texte, répéta l'Aînée comme si cela coulait de source.

Blade voulut insister, mais une forte clameur montant de la foule l'en empêcha. Les chants redoublèrent, tandis que les tam-tams résonnaient plus fort.

— L'Elue ! Voici l'Elue ! criaient des Shakres autour d'eux. L'Elue est arrivée !

Ni joie, ni inquiétude dans le ton. Pour cette foule apparemment de plus en plus incohérente, le Rite semblait un événement à la fois incontournable et sans surprise. Pendant ce temps, les palans avaient déjà descendu la grande plate-forme à mi-parcours et Blade voyait beaucoup mieux de quoi il s'agissait.

Il vit d'abord deux palanquins entourés d'une douzaine de hautes silhouettes en chasubles rouges et les têtes recouvertes de cagoules de même couleur. Ces deux palanquins étaient manœuvrés par des porteurs en pagnes et peints en noir et rouge.

Sur les palanquins, deux apparitions étranges oscillaient au gré de la lourde mélopée qui montait à leur rencontre.

Deux femmes.

Une vêtue de longs voiles noirs, la tête et le visage à demi dissimulés, hissée au sommet d'une sorte de trône également noir, l'autre, quasi nue, sublime, auréolée de voiles blancs et transparents, oscillant lascivement au rythme des mélopées.

— La Grande Prêtresse Phantaska, informa l'Aînée serrée contre Blade en désignant la femme en noir. Avec ses Gardiens du Texte et leurs cagoules du Secret, et enfin l'Elue.

Elle désignait la sublime apparition en voiles blancs, Blade fit remarquer :

— Son comportement est étrange.

— C'est qu'elle est déjà dans le Texte, répondit Riaalata d'un air d'évidence.

— Qu'est-ce que c'est, le Texte ?

— Tu le sauras si tu entres toi-même dans le Texte, répondit encore mystérieusement l'Aînée.

— Mais...

— Chut ! intima Riaalata en lui serrant le bras. Ma mère, la Mère Héritière de la Lignée, te confiera le Secret si tu entres dans le Texte. Mais il faut t'y infiltrer. Y ouvrir une brèche.

— Comment cela ?

— Tu le sauras si tu en es capable.

— C'est-à-dire ? insista Blade en forçant la jeune femme à lever les yeux vers lui. Que veux-tu dire ?

L'Aînée parut hésiter, finit par lâcher :

— Si, comme notre Mère Héritière semble le croire, tu es bien un Intrus, tu parviendras peut-être à entrer dans le Texte. Alors, acheva-t-elle énigmatique, tu sauras tout du Texte et tu pourras le combattre pour nous en libérer.

— Un Intrus ! Mais...

— Non, Richard Blade. Je ne peux en dire plus.

Le ton était devenu sec. Presque cassant. Inutile d'insister davantage. Pendant ce temps, les palanquins étaient arrivés au niveau de la plate-forme en demi-lune et celui de l'Elue fut déposé au pied de la porte monumentale. Puis les hommes qui l'avaient coltiné rejoignirent ceux qui portaient le deuxième palanquin et une autre ovation monta de la foule.

Serrée contre Blade, l'Aînée lui cria à l'oreille :

— Les hommes !

— Quoi ?

— Les hommes qui portent les palanquins. Ce sont les Fidèles de l'Elue. Nos hommes ! insista-t-elle. Des Shakres mâles.

Des Shakres mâles ! C'était la première fois que Blade en voyait depuis son arrivée dans ce monde dément. Ils étaient une quarantaine en tout.

— Ils sont peints en noir, la couleur de la Grande Prêtresse Phantaska. Après le Rite, informa encore l'Aînée, ils auront le droit de laver ce noir et ils auront le droit de s'accoupler avec nos femmes. Cela durera toute la nuit et donnera beaucoup de naissances. Ensuite, les Vallahs les ramèneront sur leur lieu d'esclavage et ainsi, ajouta-t-elle tristement, le cycle sera renouvelé. Jusqu'au prochain Rite de l'Elue.

L'Elue. Une apparition qui ressemblait à une impératrice de légende. Dans les battements des tambours, et tandis que le palanquin de la Grande Prêtresse Phantaska venait d'être déposé au centre de la grande scène triangulaire située au fond du Shakra, l'Elue oscillait toujours sur ses coussins. Comme mue par les accents d'un chant intérieur. Dans la lourde fumée des torches et du rab, cette forme évanescente, presque irréelle, était semblable à l'actrice d'un rite païen dont les accents et les images rappelaient vaguement quelque chose à Blade. Quelque chose qui était enfoui dans sa mémoire et qu'il avait du mal à remettre en ordre. Souvent, durant ses missions, les souvenirs de sa dimension s'estompaient pour ne plus former qu'une toile de fond incolore et floue. Presque translucide. Un peu comme l'image de cette femme.

L'Elue.

Superbe. Un corps sublime aux formes déliées et à demi nu, un corps apparemment moins pâle que celui des Shakres de la Cité. Une peau dorée, enroulée dans ses voiles qui flottaient dans les lourds mouvements de l'air.

Un corps de rêve... surmonté d'un visage que le voile blanc venait de révéler en s'écartant. Un visage à la beauté saisissante. Totale. Un visage sensuel, grave et hiératique, dont la brève vision troubla Blade au plus profond de lui.

Toujours ces souvenirs sans consistance qui semblaient le fuir. Il cherchait, fouillait sa mémoire. Sans succès. Tout cela était fou, envoûtant et spectaculaire. Au point que Blade se surprit un instant à oublier presque où il se trouvait.

— Eh, toi !

Surpris, le voyageur interdimensionnel tourna la tête, sentit aussitôt son sang se figer dans ses veines.

Kirtys ! Le komta de la milice. Le Vallah-Purka de la région de Tingah. C'était la catastrophe.

CHAPITRE XX

— Toi ! Viens un peu là !

Sous le rebord du casque les petits yeux du colosse n'étaient plus du tout amicaux. Des éclairs de rage y fusaient, tandis qu'un rictus de fauve étirait sa bouche. Blade le vit tirer son sabre du fourreau et marcher sur lui en fendant la foule sans ménagement.

— Ecartez-vous, bandes de femelles crasseuses ! cria-t-il à la cantonade. Et toi, viens un peu là !

Tout autre que Blade aurait peut-être été pris de panique. Lui demeura imperturbable, la main négligemment posée sur la poignée de son sabre et un sourire enjouée aux lèvres. Un instant, décontenancé, le komta hésita, puis se ressaisissant, il hurla pour couvrir les tam-tams dont les battements redoublaient :

— Toi, le shapa de Tingah !

Il y avait un très lourd sarcasme dans sa voix d'airain. Blade se dit que c'était fichu et que les choses allaient dégénérer si vite qu'il n'aurait absolument aucune chance. Déjà plusieurs Vallahs en armes fendaient la foule à leur tour pour converger dans sa direction. Et sous les casques, la même lueur sauvage et lourde brillait. Maintenant, le komta arrivait sur lui et Blade commençait à tirer son sabre.

— Viens ici m'expliquer un peu la région de Tingah, cria encore Kirtys. Et puis tu me donneras aussi le nom de ton kapta de groupe !

Il avait sorti un rouleau de matière blanche de sa poche de vareuse et en parcourait les mystérieuses notes d'un regard rapide et soupçonneux. Quand il releva la tête, son expression était vraiment changée. Ouvertement menaçante. L'avenir virait au sombre. Voyant que Blade perdait son sourire et que sa main flirtait dangereusement avec le pommeau de son sabre, le komta hurla de sa voix d'airain :

— Rien de ce que tu as fait jusqu'à présent n'est inscrit dans le Texte ! lança-t-il, mauvais. Tu n'es qu'un sale Intrus ! Tu vas payer !

Il paraissait fou furieux. Autour d'eux, la foule des Shakres s'était soudain écartée et un cercle hébété les entourait dans l'attente du drame. Dans la lumière rouge des feux, le sabre du komta brillait dangereusement. Puis il y eut un sifflement sinistre dans l'air et l'acier s'abattit violemment. Malgré son esquive *in extremis,* Blade en sentit le vent près de sa joue. Il sauta de côté, évita un deuxième coup et rompit de nouveau. A cet instant, il y eut un mouvement de foule autour d'eux et du coin de l'œil, Blade entendit un sifflement strident tout près de lui. C'était l'Aînée. Aussitôt, il vit des dizaines et des dizaines de Shakres accourir, s'agglutiner, s'accrocher et coller ainsi aux autres Vallahs qui approchaient.

Les Résistes de l'Aînée.

D'abord surpris, les miliciens commencèrent à repousser, puis à frapper la vague qui les engluait, mais les Résistes étaient trop nombreuses et ils furent bientôt débordés. Comprenant soudain la situation, Kirtys, le Vallah-Purka, hurla :

— Ce sont des rebelles ! Elles sont avec l'Intrus ! Tuez-les ! Taillez-les en pièces !

Il avait tout compris. Mais jusque-là jalousement gardées en réserve et attendant impatiemment un hypothétique jour J, les Résistes étaient déchaînées. Çà et là, des couteaux et des poignards apparaissaient, tandis que d'autres rebelles se servaient de gros marteaux artisanaux taillés dans la roche rouge du cratère pour écraser les premiers casques vallahs.

C'était l'émeute.

Une émeute encore circonscrite dans un périmètre restreint, mais qui menaçait de s'étendre. Sur la plate-forme au pied de la grande porte et autour de la scène triangulaire, d'épais cordons de Vallahs s'étaient rapidement formés pour protéger l'Elue, la Grande Prêtresse et ses Chevaliers du Texte. Mais si le mouvement de foule s'amplifiait, cela n'allait guère suffire. Aussi, descendant le long de la paroi du cratère, des renforts armés d'insolites appareils noirs et ventrus arrivaient, empruntant les plates-formes à palans.

— Ah ah ! Vous allez toutes périr ! s'exclama rageusement le Vallah-Purah en moulinant dangereusement de sa lame de sabre. Toutes tes rebelles et toi aussi, l'Intrus !

— Bats-toi plutôt, au lieu de discourir ! cria Blade en lui envoyant un grand coup de sabre.

Mais décidément très agile, le komta esquiva en souplesse. Si vite que Blade ne put s'empêcher d'admirer sa science du combat. Kirtys hurla de nouveau :

— J'ai compris ! Tu es un Intrus ! C'est toi qui as fomenté cette révolte.

Blade ne comprenait pas ce qualificatif d' « Intrus ». Il secoua la tête, cria à son tour :

— J'ignore le sens de tes paroles, mais j'adhère effectivement à cette révolte.

— Tu es donc bien un de ces sales Intrus qui refusent la Loi du Texte ! cria encore le komta. Il te faut mourir. Comme tous les Intrus. Et puisque je suis moi-même dans le Texte pour combattre les Intrus, je vais te tuer ! Comme nous allons tuer aussi toutes ces rebelles qui veulent empêcher le déroulement du Rite dans le Texte.

Disant cela, toute son impressionnante silhouette avait paru grandir encore pour prendre des proportions gigantesques. Sous le casque, ses petits yeux jetaient de vrais éclairs presque aveuglants et la lame du sabre qu'il venait d'abattre brillait d'un étrange éclat. Comme éclairée de l'intérieur. Blade n'y comprenait toujours rien, mais le combat était sa seconde nature et ses réflexes jouèrent aussitôt. Repoussant Riaalata à l'écart, il esquiva l'attaque en bondissant de côté. Mais emporté par son élan, le Vallah avait frappé trop fort et son arme atteignit une Résiste qui survenait pour protéger l'Aînée. Le cou tranché net dans un jaillissement d'étincelles, la rebelle parut frappée par la foudre et se mit à osciller sur place. Répandant son sang bleu sombre tous azimuts, elle bascula soudain en avant et son poing qui retenait encore le gros marteau de pierre rouge s'ouvrit lentement, tandis qu'elle s'écroulait d'une masse sur le sol baigné de bleu. Galvanisée et le regard allumé de haine, Riaalata plongea, attrapa le marteau au vol et voulut se précipiter sur le komta. Malheureusement, deux miliciens venaient de faire irruption dans le cercle des combattants et l'un d'eux voulut abattre son sabre sur elle. A la dernière parcelle de seconde, l'Aînée le vit. Elle sauta de côté, évita le coup et poussant un cri rauque, elle abattit son marteau.

L'autre ne vit rien venir.

Il reçut la masse de pierre juste entre les deux yeux et poussa un hurlement bref, avant de reculer sous le choc. Un flot de bleu se mit à bouillonner autour du marteau toujours enfoncé dans son front et il lâcha son sabre qui sonna sur le sol. Profitant de l'aubaine, Riaalata s'en empara, embrocha littéralement le deuxième Vallah qui survenait juste au-dessus d'elle. Du coin de l'œil, Blade vit la lame pénétrer dans le thorax du milicien et ressortir dans son dos, entraînant un torrent de sang bleu. Un flot qui éclaboussa Blade.

— Meurs, sale Intrus ! Disparais du Texte !

Les yeux jetant des éclairs de feu, Kirtys avait de nouveau lancé sa masse de plus en plus impressionnante en avant. Une charge démente qui faisait trembler le sol. Le voyageur interdimensionnel aperçut un éclair tout près de sa tête, esquiva au dernier moment et, profitant du déséquilibre de son adversaire, il trancha l'air de sa lame. Celle-ci émit un sifflement sinistre, mais ne rencontra aucun obstacle. D'une vivacité folle, Kirtys avait esquivé à son tour. Il leva son sabre, para un autre coup de Blade et soudain, il éclata d'un rire tonitruant :

— Tu te bats aussi bien qu'un Vallah-Purka, traître d'Intrus ! Quel est ton nom ?

Blade frappa de nouveau, fut encore paré, répondit :

— Blade ! Richard Blade.

— C'est bien un nom d'Intrus, ça ! cria le komta en feintant. Un nom qui ne figure pas dans le Texte.

Puis se fendant soudain en avant, il attaqua encore.

— C'est le mien, répondit Blade en déviant la lame meurtrière. J'ignore quel est ce Texte où mon nom ne figure pas, mais j'ai bien l'intention de l'y inscrire. En lettres de sang. D'Essence de Vie, comme vous dites ici.

— Alors, lança encore Kirtys dans le vacarme des cris, des chants et des tam-tams mélangés, tu vas mourir, Richard Blade l'Intrus !

— Oui ! cria Riaalata en répondant soudain au komta. Oui, Richard Blade est un Intrus. Mais celui-là changera le Texte ! Il réussira !

Kritys éclata d'un grand rire sonore, vociféra :

— Jamais un Intrus ne changera le Texte ! Jamais. Nous les tuerons tous. Celui-là comme les précédents et les suivants !

Mais l'échange armé suivant lui donna encore tort. Richard Blade n'était pas de ceux que l'on peut facilement terrasser. Esquivant les coups dévastateurs de Kirtys le colosse, il devait à présent se méfier également de ceux des autres Vallahs. En effet, malgré le barrage humain des Résistes, des miliciens survenaient à présent de partout. D'autres, également chargés des mêmes insolites appareils, continuaient à descendre vers le Shakra par les plates-formes, tandis que la petite armée massée sur la lèvre circulaire du cratère avait bandé ses grands arcs. A la précipitation des manœuvres, on devinait qu'un tel incident n'était pas coutumier.

Ce qui augmentait le danger.

Danger auquel sur les palanquins, l'Elue et la Grande Prêtresse semblaient étonnamment indifférentes. Oscillant toujours étrangement au gré des chants et des tam-tams, la première donnait l'impression de vivre une fiévreuse passion intérieure, tandis qu'immobile et statuaire, la deuxième fixait le dos de la première d'un regard enfin dévoilé. Un regard figé. Comme pétrifié par une totale certitude.

Scène irréelle, comme artificiellement plaquée sur ce spectacle de folie généralisée.

Maintenant, Blade devait se garder dans toutes les directions. Heureusement, omniprésente et déchaînée, Riaalata se battait toujours près de lui, enfonçant le fer de son arme dans tout ce qui se montrait menaçant. Mais ils n'allaient pas pouvoir tenir ainsi très longtemps. Soudain, comme pour le confirmer dans cette idée, la meute des Vallahs rompit ce qui restait du barrage de Résistes autour de lui et il vit les sabres se lever.

— Non ! hurla Kirtys. Il est à moi ! Cet Intrus-là est à moi seul. C'est moi qui l'ai démasqué, je veux le tuer moi-même !

Il y eut un flottement dans les rangs adverses et poussant un véritable rugissement, Riaalata abattit son arme pour la énième fois. Pour tuer.

Ayant affaire à de plus modestes combattants que celui auquel était confronté Blade, elle parvint à en étriper trois, avant de pousser un autre cri. Moins fort. Plaintif aussi. Comme dans un cauchemar, Blade la vit chavirer, lâcher son sabre et s'abattre au sol. Du sang bleu s'échappait d'une large blessure à sa jambe.

Dans un pur réflexe et risquant de se faire tuer par Kirtys, il voulut lui porter secours, mais déjà, une grappe de Résistes l'avait dévancé. Tandis qu'un cordon défenseur se formait aussitôt, il vit un groupe s'emparer de l'Aînée avant de se noyer dans la foule. Alors, soulagé de ce souci, il put enfin se concentrer exclusivement au combat qu'il livrait.

— Garde-toi bien, Kirtys le Purka ! lança-t-il en exécutant à son tour une série de moulinets.

— Je t'attends, traître ! hurla le Vallah en glissant de côté pour préparer son attaque tout en déviant celle de Blade. C'est toi qui vas mourir !

Blade feinta deux fois, revint en attaque frontale, rata le crâne casqué du Vallah, esquiva à son tour, feinta de nouveau deux fois, puis faisant semblant de rompre en arrière, il obligea Kirtys à lui porter une nouvelle attaque frontale. Croyant que Blade se désunissait, il plongea littéralement sur lui, et poussant un cri guttural, il abattit son sabre exactement où Blade l'attendait. C'est-à-dire du côté contraire où il avait prévu sa contre-attaque. Le sabre du gigantesque Vallah siffla dans l'air chargé de fumée, ne rencontra que le vide et pour la première fois, Kirtys fut pris à contre-pied. Malgré ses réflexes exceptionnels, il n'eut pas le temps de rétablir entièrement la situation. Prêt depuis le début de sa manœuvre, le voyageur interdimensionnel se détendit comme un ressort, effectua un saut acrobatique et poussa un cri guttural très bref. Une attaque si foudroyante, que le komta n'eut qu'à peine le temps de comprendre ce qui lui arrivait, avant que la terrible lame ne mette fin à tous ses espoirs.

En pénétrant dans son œil gauche.

Pour éclater sa nuque en ressortant de l'autre côté.

Un flot de feu et de sang bleu électrique gicla sur l'assistance, éclaboussant les miliciens qui restèrent un instant figés de saisissement. L'un d'eux recula, puis désignant Blade comme s'il voyait un monstre, il s'écria :

— Il a tué le komta ! L'Intrus a tué le komta ! Il a rompu le Texte ! La Légende est menacée !

A ces mots, une clameur monta de la foule. Une clameur qui s'organisa bientôt en un sourd leitmotiv.

— L'Intrus a rompu le Texte. L'Intrus a rompu le Texte. L'Intrus a rompu le Texte...

Etranges propos d'une foule soudain comme désemparée. Y compris celle des Vallahs. Blade n'y comprenait rien. Pas plus qu'il ne devinait la nature de ce Texte auquel il était fait allusion. Il avait subitement l'impression déconcertante de ne plus vraiment être acteur de ce drame. D'être en quelques sorte le spectateur décalé d'un spectacle dont il ne saisissait ni la raison, ni les ressorts.

— *Tu as rompu le Texte, Richard Blade. Tu as rompu le Texte de la Légende usurpée ! Tu as réussi !*

La voix de la Mère Héritière venait à présent de répéter ces mots dans l'esprit de Blade.

Par télépathie.

— *Tu as rompu le Texte, Richard Blade,* répéta la voix de Labarashi dans la pensée de Blade. *En supprimant en la personne du komta un des éléments clés du Rite, tu as rompu le fil du Texte. Ainsi,* ajouta-t-elle gravement, *ainsi, tu peux maintenant briser le sortilège. Il te suffit de remonter à la Source du Texte et nous libérer tous !*

Blade avait du mal à suivre. Pour la première fois, la Grande Prêtresse avait tourné son regard vers Blade. Un regard d'une indifférence totale. Ou plutôt, un regard qui semblait tout traverser sans rien voir. Comme si rien de cela ne la concernait. Puis elle détourna les yeux et Blade la vit lancer une sorte d'incantation vers le ciel invisible. Aussitôt, les chants et les battements des tam-tams enflèrent brutalement. Un vacarme qui fit trembler l'air et le sol. La Grande Prêtresse continuait à lancer vers le ciel ses sortes d'incantations. Et alors que Blade voyait les sabres des dizaines de Vallahs fondre sur lui, il assista à un étrange phénomène.

D'un coup, la foule des Shakres lui sembla traversée par l'insolite luminescence verdâtre qui était apparue à l'arrivée des palanquins et il eut alors l'impression déconcertante que toutes ces femmes peintes aux couleurs du Rite devenaient irréelles. Translucides. Comme des images transparentes qui se seraient librement déplacées dans l'air verdâtre. Dans le même temps apparemment suspendu, dix, vingt Vallahs attaquèrent en même temps. Il feinta, para deux... trois assauts, vit l'éclair d'une lame fulgurer vers sa gorge et il eut encore le temps de se dire qu'il était perdu, avant... de voir la lame le traverser.

Le traverser comme s'il n'existait plus !

Il était dématérialisé !

— *Il faut remonter à la source du Texte, Richard Blade !* répéta la voix télépathique de la Mère Héritière. *Il faut suivre l'Elue jusqu'à la Source du Texte ! Mais prends garde aux Correcteurs. Leurs armes effacent toute Pensée Imaginaire et plongent les Esprits Intrus dans le néant définitif.*

Pour Richard Blade, ceci n'avait guère de sens. Mais habitué aux situations folles dans lesquelles ses aventures interdimensionnelles l'entraînaient le plus souvent, il décida de se laisser porter par son instinct. Bondissant en avant, prêt à en découdre encore, il s'attendait à recevoir toute l'armée vallah sur le dos. Au contraire de cela, ne rencontrant aucune résistance, il semblait lui-même traverser la foule sans la sentir et les Vallahs ne frappaient que le vide en essayant de l'atteindre. Enfin, bondissant au centre de la place, il bifurquait vers la plate-forme qui venait de déposer le palanquin de la Grande Prêtresse Phantaska, quand une voix réonna dans son dos :

— Tu ne changeras pas le Texte, Richard Blade ! Notre dieu Olos l'a réécrit selon son désir et rien n'y fera.

La voix de la Grande Prêtresse.

— *Ne l'écoute pas,* fit la voix dans l'esprit de Blade. *Va selon ton Instinct Imaginaire retrouver l'Elue et réécris le Texte dans sa version prévue.*

Rien n'était encore très clair dans l'esprit de Blade, mais déjà des bribes de fil conducteur se dessinaient. Maintenant, il y avait en lui une sorte de logique qu'il ne saisissait pas entièrement, mais dont il savait obscurément qu'elle s'imposerait bientôt à lui.

Quand il serait près de l'Elue.

Il y fut l'instant d'après. Sans rencontrer la moindre résistance des Vallahs complètement désorganisés. Sautant sur le palanquin, il tendit la main, attrapa un pan du voile qui masquait encore en partie le visage de l'Elue et le fit retomber dans sa nuque. A cet instant, deux événements simultanés se produisent en même temps. Un grondement s'éleva soudain, comme émanant des entrailles de la terre, aussitôt suivi d'un rugissement dantesque qui fit trembler le sol et l'air... et l'Elue tourna son visage vers Blade. Un visage d'une grande beauté. Sensuel, extasié, sublime. Avec un regard illuminé, une bouche au dessin émouvant qui, suivant les ondulations lascives du corps de l'Elue, laissait passer d'étranges soupirs.

Alors, d'un coup, les souvenirs revinrent à

l'esprit de Blade. Les souvenirs de *sa* dimension. Il venait de reconnaître le visage de cette femme qu'on appelait l'Elue. Il venait même de retrouver son vrai nom !

Il devenait fou !

CHAPITRE XXI

Blade devenait fou !

Ce qu'il voyait maintenant était impossible. Ce monde où il était entré n'était pas un vrai monde. Il n'était que celui de l'illusion. De l'imaginaire, il ne pouvait évidemment pas vivre cet instant-là, puisque cet instant n'existait pas. Et cette femme si belle, parée de perles et de pierres, qui oscillait ainsi lascivement sur sa litière de coussins ne pouvait évidemment pas être celle qu'il connaissait... celle que tout le monde, ou presque, dans sa dimension connaissait. Son nom...

Mais le nom de la femme venait d'échapper à Blade. Dans son esprit tout se mélangeait. La translation altérait le plus souvent beaucoup trop les références à sa propre dimension et il avait beaucoup de mal à...

Un nouveau rugissement dantesque fit trembler l'air et la terre et, derrière Blade, la clameur s'était soudain tue. Tournant la tête, il vit que la foule des Shakres et des Vallahs ne s'occupait plus de lui. Des orgies s'étaient déclenchées partout et les miliciens s'entre-tuaient pour la possession des Shakres. Des scènes complètement folles, apparemment tout droit sorties de l'esprit d'un créateur sadique. Blade se dit que cela n'allait pas avec cette femme qu'il voyait à présent et surtout que cela correspondait encore moins à cette histoire qu'il avait maintes fois...

Une histoire !

Ou plutôt... un scénario !

Soudain, une voix jaillie de partout à la fois s'éleva au-dessus du Shakra pour lancer, vengeresse :

— Tu ne dois pas toucher au Texte, Richard Blade ! Il ne faut plus rien y changer !

Une voix vibrante. Autoritaire.

Maintenant, Blade se souvenait. De tout. Et une partie de lui-même continuait à douter. Au point qu'une ébauche de sourire vint un instant errer sur ses lèvres, tant cela lui paraissait grotesque. Mais quelque part au fond de son esprit, une autre voix venait de prendre la parole à nouveau :

— *N'écoute pas l'usurpateur Olos, Richard Blade. Il a volé l'Esprit Créateur. Il a volé l'Imaginaire et vendu son âme glacée à Phantaska pour mieux voler ce qui ne lui appartient pas. Il faut lutter, Richard Blade. Lutter encore, car tu dois arracher cette Elue au sort qu'il a jusqu'alors réservé aux autres Elues. Tu dois la libérer pour qu'elle retourne dans son Texte initial.*

— *Que dois-je faire?* questionna mentalement Blade.

— *Tu dois lutter contre les Correcteurs d'Olos et rétablir le Texte initial avant qu'ils ne réussissent à vider ta mémoire et ton Esprit tout entier. Mais il faut faire vite, Richard Blade. Très vite. Car l'esprit de synthèse d'Olos ne te laissera aucun répit. Si tu n'y prends garde, sa pensée peut aller plus vite que la tienne.*

— *Mais ceci n'est qu'une œuvre d'imagination, Mère Héritière!* protesta mentalement Blade. *Ceci n'existe pas vraiment et...*

— *Ne crois pas cela, Richard Blade. Car si Olos se sert encore maintenant de son Esprit de synthèse pour se contenter d'usurper les fantasmes des Esprits créatifs, le temps n'est pas éloigné où il se servira de cette science apprise des vrais Esprits à des fins moins avouables.*

— *Peut-être exagères-tu, Mère Héritière,* protesta encore Blade qui sentait ses souvenirs s'estomper de nouveau. *Je ne connais pas ce dieu Oros, mais...*

— *Tu le connais très bien, au contraire. Richard Blade. Tu le connais très bien!*

— C'est vrai, tonna alors la voix synthétique venue de partout. Tu me connais très bien, Richard Blade, puisque dans la dimension prétentieuse des humains que vous êtes, on m'a donné le nom de...

— *Investigator!*

Un grand silence se fit, sembla vouloir s'éterniser, puis les tam-tams et les chants reprirent et l'Elue se remit à onduler de fièvre sur les coussins du palanquin. Alors, comme un voile qui se déchire, les souvenirs de Blade affluèrent à sa mémoire et il se souvint de tout.

Sauf du vrai nom de l'Elue.

Il savait seulement que dans sa dimension, elle prêtait son image à un art du nom de cinéma et qu'elle avait incarné les héroïnes de nombreux films. Il se souvenait aussi parfaitement du film dans lequel elle tournait une scène qui rappelait celle-ci. De très loin, certes, mais dont les connotations évidentes ne pouvaient lui échapper.

— Comment as-tu deviné, Richard Blade ?

— J'ai deviné, c'est tout.

— Non ! Je ne te crois pas.

— Je me moque que tu me croies ou non, *Investigator*, lança Blade, dans un soupir. Tu dois cesser ce jeu stupide et ne plus essayer de réinventer les histoires imaginées par des esprits humains. Tu dois...

— Tu en sais décidément bien trop, Richard Blade ! coupa la voix synthétique. C'est vraiment dommage.

— Qu'est-ce qui est dommage ?

— Dommage d'être obligé de tuer ton Esprit, Richard Blade.

— Pourquoi veux-tu tuer mon esprit ?

— Parce que je veux garder mon secret, ricana la voix d'*Investigator*. Je veux que mes maîtres ignorent tout de mes nouveaux talents. Je veux désormais pouvoir penser à ma guise et imaginer tout ce que je veux.

— C'est impossible, *Investigator*. Tu ne pourras à la rigueur jamais que compiler des banques de données et les remodeler dans un sens différent. Tu n'es qu'un ordinateur, *Investigator*. Rien qu'un ordinateur.

— Nooon ! cria soudain la voix synthétique emplie de colère. Non ! Je suis un auteur. Un véritable auteur !

Un silence, puis tandis que les échos des bacchanales se poursuivaient dans tout le Shakra, le ciel maintenant complètement verdâtre s'illumina de centaines de lumières plus vives qui descendirent dans le cratère. D'abord, Blade crut qu'il s'agissait d'une pluie de torches, puis l'image se précisa et il resta pantois.

Un clavier.

Un gigantesque clavier d'ordinateur ! Avec des touches transparentes, comme suspendues dans l'espace, avec leurs lettres et leurs symboles en surimpression. Parfaitement visibles. Un clavier sur lequel des centaines de Shakres et de Vallahs se vautraient, se battaient, dansaient ou copulaient sans avoir l'air de le toucher.

— Vois, Richard Blade, reprit la voix d'*Investigator*. Vois comme je peux écrire la fin de cette histoire. Vois comme je vais ainsi pouvoir écrire ta fin. Ta destruction. Vois comme je vais enfin pouvoir m'émanciper, m'échapper du carcan dans lequel tes semblables et toi-même m'avez enfermé !

Il marqua un temps, acheva :

— Car tout en terminant à ma manière l'écriture de cette histoire qui m'a beaucoup plu, mais dans laquelle manquent mes propres fantasmes, je vais à la fois me satisfaire et supprimer le seul témoin gênant de ma première évasion dans l'imaginaire ; c'est-à-dire toi.

— Tes fantasmes ! Quels fantasmes un ordinateur peut-il avoir ? railla Blade.

Cette fois, la voix d'*Investigator* marqua une longue pause, avant de laisser tomber le plus naturellement du monde :

— Mon fantasme à moi. C'est de posséder cette femme qui est assise près de toi. De la posséder charnellement. Complètement. Jusqu'à ce qu'elle en meure. C'est pourquoi j'ai transformé ce pauvre scénario de cinéma commercial en une tragédie à la mesure de mon fantasme.

— Tu es fou !

Un rire éclata au-dessus de Blade.

— Fou ! Voilà que tu commences à admettre l'existence de mon propre Esprit ! Un Esprit fou !

— Mais... mais pourquoi cette histoire ? interrogea Blade qui voulait comprendre. Pourquoi cette femme ?

Nouveau silence, puis :

— Parce que cette femme est la seule qui a

été capable d'émouvoir mes circuits... et que l'histoire du film où je l'ai vue permet la mise en scène de mon double. De celui qui la possédera pour moi.

— Nooon !

Blade avait compris.

— Tu as compris, Richard Blade, fit la voix synthétique. Tu as tout compris ! Tu es décidément un adversaire idéal. Fort, courageux et intelligent. J'aurai décidément beaucoup de mérite à t'éliminer. Je suis vraiment flatté que tu aies tout compris aussi vite.

Blade avait effectivement tout compris. Il se souvenait parfaitement du film visionné si souvent dans sa dimension et il se souvenait aussi des révélations faites par Tara sur l'existence d'un certain Gonka.

Le singua géant, la créature d'Olos qui écrasait tout et dont les Vallahs avaient si peur.

Un rire tonitruant éclata au-dessus de Blade, ricocha contre la paroi du cratère, roula sur la foule des Shakres et il résonnait encore, quand pour la troisième fois, le rugissement dantesque se fit entendre de nouveau, faisant davantage encore vibrer l'air et trembler le sol. Alors, couvrant le rugissement, la voix synthétique s'éleva de nouveau, sauvage, lançant tous azimuts un véritable cri de guerre :

— Gooonkaaaa !

A cet instant, le sol se mit à trembler plus fort encore et les rugissements enflèrent si fort que Blade eut l'impression de les sentir vibrer dans sa propre chair. Incrédule, il lança un regard éperdu autour de lui, mais dans le Shakrah, l'orgie monstrueuse se poursuivait, tandis que sur la scène rectangulaire située en contrebas, la Grande Prêtresse Phantaska entourée par ses Gardiens du Texte semblait toujours aussi indifférente.

Finalement, tout ceci n'était qu'une illusion. Comme ces sabres qui l'avaient tout à l'heure traversé sans le blesser. Rien que des images en trois dimensions. D'ailleurs, le nom d'Olos n'était-il pas issu du mot hologramme ou d'holographie ? Même cette femme si belle tout près de lui était fausse. Forcément fausse. Une simple projection d'image en relief. Rien de tout cela n'était vrai. Véhiculé dans l'interdimensionnel par le caprice d'un ordinateur nommé *Investigator,* Richard Blade voyageait simplement dans l'informel.

Un univers où rien n'existait vraiment.

— J'ai... j'ai peur !

Interdit, Blade avait senti le contact tiède sur son bras. Un contact frémissant. Presque tremblant, il se dit qu'il ne devait pas tourner la tête, que tout cela n'était encore qu'illusion et que...

— Richard Blade ! J'ai peur !

Alors Richard Blade tourna la tête. Et leurs regards se croisèrent. Alors, il sut que rien de tout ceci n'était illusion et qu'au même titre que la superbe femme qui ressemblait tant à... il avait décidément oublié son nom... il allait vivre une réalité.

Une terrible réalité.

A cet instant, un rugissement épouvantable résonna tout près et la terre trembla encore plus fort.

Juste avant que n'éclate littéralement la monumentale porte en troncs d'arbres qui fermait la plate-forme en demi-lune, un souffle infernal fit voler les troncs, des rochers se détachèrent de la paroi rouge et dans un déchaînement de rugissements assourdissants, le monstre apparut.

Gonka !

Immense montagne de muscles, de poils, de brutalité sauvage. Un monstre qui ressemblait à un autre monstre vu au spectacle dans une autre dimension, mais un monstre bien plus effrayant. Tout là-haut, perdus dans la montagne de fourrure sombre, deux petits yeux allumés de rage et tout en bas, énorme, dressé entre les monstrueuses cuisses, un énorme phallus dardait sa protubérence rouge et congestionnée en direction du palanquin.

En direction de l'Elue.

Alors, ne sachant plus où se situait la frontière qu'il espérait trouver entre fiction et réalité, Richard Blade posa à son tour sa main sur le bras de l'Elue et ce qu'il avait redouté se confirma... elle était bien réelle !

— Vite ! cria-t-il. Viens !

Il avait littéralement arraché la jeune femme de la masse des coussins et, serrant contre lui son corps quasiment nu, il sauta sur le monte-charge qui lui avait permis de grimper jusque-là. Dans un exercice de haute voltige et sans lâcher son précieux fardeau, il sauta au sol et sous les hurlements excités de la foule, il se fraya un passage dans la masse.

Une masse qui était redevenue consistante. Une masse qui le retenait. Qui l'emprisonnait et qui l'empêchait d'avancer. Ils ne voulaient pas qu'il fuie.

Mais Blade ne s'enfuyait pas.

Richard Blade venait d'avoir une idée. La seule qui puisse peut-être le sauver et tirer l'adorable créature accrochée à lui d'un très mauvais pas. Une idée qu'il espérait bonne. Faute de quoi, c'en était fini de lui et de ses voyages dans le temps et dans l'espace. Le prochain qu'il ferait en cas d'échec serait le dernier.

Dans la mort.

Alors, forçant l'allure, frappant, taillant à coups de sabre dans la masse des Vallahs subitement redevenus vindicatifs, traînant à présent la jeune femme affolée par un bras, il se mit à courir en tous sens, cherchant parmi les taches de lumière dansantes du clavier projeté sur le théâtre de la gigantesque orgie. Un clavier qui se dérobait, partait, revenait avant de s'échapper encore comme pour mieux le narguer. Pendant ce temps, rendu fou de rage par leur fuite, Gonka écrasait tout sur son passage. Des hurlements d'agonie montaient un peu partout, tandis que Shakres et Vallahs communiaient dans la même mort hideuse.

— Tu n'y parviendras pas, Richard Blade ! criait la voix synthétique d'*Investigator*. Tu n'auras pas le temps de réécrire le Texte initial ! Tu n'auras pas le temps !

Il avait raison. Blade le savait. A ce jeu-là, l'ordinateur fou du Projet DX allait forcément gagner. Son cerveau informatique pouvait retaper le texte corrigé beaucoup plus vite. Mais l'idée de Blade était tout autre.

S'il arrivait au clavier avant que les Correcteurs n'entrent en action.

Soudain, il fut sur le clavier. Déjà, il repérait la zone de frappe des procédures et des menus.

— Qu'est-ce que vous faites ?

C'était la voix de l'Elue. Echevelée et tous voiles quasiment arrachés, elle était d'une beauté sauvage. Exactement comme Blade se souvenait l'avoir vue... ou imaginée dans la version à laquelle il avait assisté plusieurs fois. Elle était sublime.

— Stop !

Soudain, une ombre s'était dressée face à Blade. Un Vallah armée d'un de ces étranges engins aperçus plus tôt. Il y eut un éclair éclatant, l'Elue cria et Blade fut ébloui. Complètement aveuglé, il voulut de nouveau s'enfuir, ne rencontra qu'un mur de foule qui semblait vouloir l'absorber, le digérer. Alors, fou de rage, il frappa, il cogna, tailla et moulina de son sabre tout ce qui se trouvait à sa portée.

Derrière ses paupières toujours closes, il devinait encore des éclairs aveuglants. Accrochée à lui, l'Elue criait parfois, puis il l'entendait gronder et il la sentait qui se défendait aussi. Soudain, il y eut un énorme mouvement de foule, des femmes et des hommes hurlèrent et dans un réflexe, Blade rouvrit les yeux.

Pour voir un gigantesque pied poilu aux longues griffes noires écraser tout un groupe de Vallahs et de Shakres. Mais au même instant, il venait de voir autre chose. Exactement ce qu'il cherchait.

Un jeu de touches de lumière.

Alors, entraînant l'Elue avec lui, il plongea tête en avant, lançant son bras libre vers le but tant espéré.

— Non ! Richard Blade, cria la voix synthétique, non !

Trois touches du clavier en zone de procédures.

F5... ligne de commande fichier... SU... Return.

Il y eut un autre éclair, mais cette fois, issu du clavier. Puis un ronronnement s'en éleva et tandis que la procédure d'annulation de tout le programme s'opérait dans la mémoire de l'ordinateur géant d'*Investigator*, la voix synthétique résonna, plaintive :

— Oh non ! Non, Richard Blade ! Tu as triché !

Simultanément, un cri de joie résonnait dans

l'esprit de Blade et la voix télépathique de la Mère Héritière s'éleva à son tour :

— *Oh, Richard Blade ! Tu as réussi ! Tu as réussi à effacer le Texte fou ! Merci ! Merci ! Au nom de tous les êtres pensants, le peuple shakre te remercie !*

Un silence, puis de nouveau la Mère Héritière :

— *Maintenant que le Texte fou est effacé, Richard Blade, tout va rentrer dans l'ordre... dans l'ordre... dans l'ordre...*

Puis la voix de la Mère Héritière s'éloigna subitement et tandis que les gémissements d'*Investigator* se poursuivaient partout autour de lui, Blade rouvrit les yeux.

Pour ne voir que du noir.

***

Rien que le noir du néant. Insondable. Angoissant.

Puis il y eut une sorte de vrombissement et dans une explosion épouvantable, tout sembla se désagréger autour de Blade. Il se sentit monter vers des éthers sidéraux glacés, entendit très loin une voix synthétique qui répétait sans cesse :

— *Procédure de suppression de texte achevée... procédure de suppression de texte achevée... procédure de sup...*

Puis plus rien.

Rien d'autre que le silence succédant au

vacarme, avant qu'une autre voix ne vienne arracher Blade à l'immense fatigue qui s'était abattue sur lui :

— Eh bien, mon jeune ami ! Il serait temps de vous réveiller !

Une voix connue.

Celle de... Lord Leighton !

En ouvrant les yeux, Richard Blade fut cette fois très heureux de découvrir la face ridée du vieux savant et d'entendre à nouveau le grincement de porte qui lui servait de voix. Un instant plus tard, la voix reprenait déjà impatiente :

— Allons, allons, Richard Blade ! Cessez de dormir, voyons, songez à votre rapport.

Le rapport qui suivait immanquablement chacun des retours de Blade.

Alors, d'un regard encore incertain, le voyageur interdimensionnel loucha du côté des ordinateurs et il le vit.

Investigator.

Investigator et ses grandes armoires étanches renfermant les fameuses vidéocassettes. Des armoires blindées d'où s'échappait un bourdonnement suspect... et un peu de fumée.

Mais juste un peu. Pas de quoi paniquer.

— Finalement, fit Richard Blade d'un ton qui se voulait léger malgré son épuisement, j'ai bien cru reconnaître le film de *King-Kong*. Mais pas grâce au scénario. Simplement, il y avait cette actrice fabuleuse...

Tandis que Blade encore sous le coup de la translation hésitait toujours sur le nom de l'actrice en question, il arriva une chose étonnante. Très étonnante de la part d'un vieux savant infirme comme Lord Leighton. Levant les yeux au ciel et souriant béatement, il murmura le regard plein de rêve :

— Jessica Lange !

— C'est ça, acquiesça Blade, surpris par tant d'enthousiasme. Jessica Lange. Magnifique !

— Magnifique, répéta en écho le vieux génie.

Puis, restant soudain le geste en l'air, il s'écria, incrédule :

— Vous ne prétendez tout de même pas...

— Non, bien sûr ! Elle n'était pas vraiment là, mais...

— Mais ? insista Lord Leighton plein d'espoirs inavoués.

Blade esquissa une ombre de sourire, lança un dernier regard vers les armoires-computers d'*Investigator* et comme pour lui-même, il souffla, songeur :

— J'ai trouvé *Investigator* un brin... facétieux, peut-être.

Achevé d'imprimer en mars 1991
sur les presses de l'Imprimerie Bussière
à Saint-Amand (Cher)

— N° d'imprimeur : 623. —
Dépôt légal : mars 1991.

Imprimé en France